हवेली व..
अद्भुत रहस्य

चाभी नं. 08482

कहानी संग्रह

कपिल कुमार श्रीवास्तव

अंजुमन प्रकाशन

अंजुमन प्रकाशन

942, मुट्ठीगंज, प्रयागराज-3 उत्तर प्रदेश, भारत

www.anjumanpublication.com

contact@anjumanpublication.com

प्रथम संस्करण अंजुमन प्रकाशन द्वारा 2021 में प्रकाशित

सर्वाधिकार टेक्सट © कपिल कुमार श्रीवास्तव 2021

सर्वाधिकार सुरक्षित 2021

आवरण व टाइप सेटिंग : अंजुमन प्रकाशन

ISBN : 978-93-91531-06-5

सम्पर्ण एवं आभार

मैं अपना यह कहानी संग्रह सर्वप्रथम अपने स्व0 पिता जगदीश कुमार श्रीवास्तव 'मृगेश जी' को समर्पित करता हूँ।

मैं अपने लेखन के सम्बन्ध में आभार व्यक्त करता हूँ अपनी माँ, पिता, पत्नी एवं बेटी के प्रति।

मेरा आभार मेरे सभी मित्रों एवं सहभागियों के प्रति भी है।

मेरा आभार 'अंजुमन प्रकाशन' की सम्पूर्ण टीम के प्रति भी है, जिन्होंने इस कहानी संग्रह को भली-भाँति आपके सम्मुख प्रस्तुत किया है।

जहाँ तक मेरे परिचय का प्रश्न है, मैं माननीय उच्य न्यायालय, लखनऊ में एक अधिवक्ता हूँ और मेरे द्वारा सर्वप्रथम 'अधूरी पहेली' व 'मर्यादा' उपन्यास तब लिखा गया था जब मैं मात्र सोलह वर्ष की आयु का था। उक्त सभी उपन्यास भी आपके सम्मुख शीघ्र ही प्रकाशित होकर प्रस्तुत होंगे।

दो शब्द

आपके सम्मुख प्रस्तुत यह कहानी संग्रह 'हवेली का अद्भुत रहस्य चाभी नम्बर 08482' कुल छः कहानियों का अद्भुत संग्रह है, जिसको पढ़कर आप सभी पाठकगण आनन्द की अनुभूति अवश्य ही करेंगे। सर्वप्रथम 'हवेली का अद्भुत रहस्य चाभी नम्बर 08482' के रहस्य में आपका उलझ जाना कोई अद्भुत बात नहीं है। इस कहानी में पुलिस अधिकारी की कर्तव्यनिष्ठा, मेहनत, लगन व ईमानदारी का तो चित्रण किया ही गया है, लेकिन ठीक इसके विपरीत वह अपने ही सीनियर पुलिस अधिकारी को अपराधी के साथ संलिप्त पाकर, किन-2 दिक्कतों का सामना करता है, इसका भी चित्रण बखूबी करने का लेखक का प्रयास रहा है। तदुपरान्त 'मेरा इंसाफ' भी एक रुचिकर व अनूठी कहानी अपनी पटकथा को लेकर बन पड़ी है। 'एक टुकड़ा रोटी' एक मूर्तिकार के जीवन का चित्रण अपने ढंग से करती है। 'प्रश्न चिन्ह' कहानी साहित्यकार के जीवन पर अंकित 'प्रश्न चिन्ह' की साक्षी बनती है। अग्रेतर 'बहुत देर कर दी' प्रेमकथात्मक कहानी आपके सम्मुख प्रस्तुत की जा रही है। अन्ततः 'स्पर्श' कहानी प्रेम के वास्तविक स्वरूप का चित्रण करती हुई निश्चित रुप से हृदयस्पर्शी कहानी आपका हृदय लुभा लेगी। कुल मिलाकर यह प्रस्तुत कहानी संग्रह कई विषय वस्तु पर आधारित एक सामाजिक कथानक की पृष्ठभूमि पर हमारे समाज में व्याप्त बुराइयों, कुरीतियों को उजागर करने वाली रुचिकर कहानी संग्रह आपके

सम्मुख प्रस्तुत है।

यहाँ पर हमारा पाठकगण से आग्रह है कि आप इस कहानी संग्रह को पढ़ने के उपरान्त अपनी कीमती राय व्यक्त करते हुए मुझे मार्गदर्शित करिएगा क्योंकि बिना पाठकगण के परामर्श के एक लेखक सदैव अपूर्ण ही होता है।

कपिल कुमार श्रीवास्तव
209, यूनिटी सिटी कॉलोनी,
निकट बहादुरपुर प्राइमरी स्कूल,
कुर्सी रोड, लखनऊ
मो0 : 9415525720

अनुक्रम

1

हवेली का अद्भुत रहस्य

चाभी नम्बर 08492

''जैकाल, ये क्या खेल खेल रहा है तू? कहीं मेरा भेजा घूम न जाय और तेरी जिन्दगी में विराम यहीं लगाना पड़े। रास्ता बता, कमीने।'' भीषण गर्जना थी उसकी ध्वनि में। सम्पूर्ण वातावरण मानो काँप रहा था। यह कम्पायमान ध्वनि अलंकार की थी। जैकाल का पूरा जिस्म थर्रा रहा था। सहसा जैकाल ने चकमा देते हुए अलंकार को जोर का धक्का दिया, जिसमें अलंकार के हाथों से रिवाल्वर छूट कर दूर जा गिरा। अलंकार हड़बड़ाकर पीछे की ओर खिसक गया क्योंकि सामने से भयानक व भयावह मानव कंकाल सीधा उसके सिर की ओर खिसक गया, परन्तु अलंकार ने तीव्रतापूर्वक अपना सिर मानव कंकाल के आने की दिशा से अलग कर लिया, जिससे वह मानव कंकाल अलंकार को नुकसान नहीं पहुँचा सका।

हवेली के अद्भुत रहस्य में डूबता गया इंस्पेक्टर अलंकार और अन्ततः खोज निकाला एक भयानक और आपराधिक गिरोह को।

* * *

बस तीव्र गति से दौड़ रही थी। भीड़ अधिक थी। अधिकांश लोग खड़े हुए थे, क्योंकि सारी सीटों पर पैसेन्जर बैठे हुए थे। बस कानपुर से उन्नाव वापस

लौट रही थी। अलंकार ड्राइवर सीट के पीछे बस के पाइप को मजबूती से पकड़े खड़ा हुआ था कि अचानक बस के पिछले पहिये की हवा निकल गयी और बस को वहीं पर रोक देना पड़ा।

बाहर बारिश का मौसम होने के कारण तेज वर्षा हो रही थी। शाम के छः:ह बजे थे। सभी यात्री चिन्तित हो रहे थे। सभी यात्री यथास्थान खड़े रहे जो जहाँ खड़े थे और शेष अपनी सीटों पर बैठे रहे। कुछ लोग पत्रिका पढ़ने में व्यस्त थे तो कुछ लोग हल्की-हल्की झपकी लेने में तल्लीन थे। अचानक अलंकार की नजर सामने बैठी युवती पर पड़ी जो शान्तिप्रिय ढंग से एक पुस्तक को पढ़ रही थी। अलंकार उसके रूप लावण्य को देखता रह गया। गोरा रंग और काले, लम्बे केश। जो कहीं से भी हल्की हवा आ जाती, उसके रेशमी केश बिखर जाते और वह उसे सँवारने का प्रयास कर पुनः किताब को पढ़ने में लग जाती।

थोड़ी देर पश्चात कुछ वर्षा कम हुई और यात्री बस के बाहर निकल कर बाहर का आनन्द लेने लगे। सभी लोग ठण्डी बहती हवा में बेहद खुश होकर गीत गुनगुना रहे थे। अलंकार अभी उसी अवस्था में खड़ा उस युवती को चोरी-चोरी देखने की कोशिश कर रहा था।

शायद कोई स्टेपनी ठीक नहीं थी। अतः बस के क्लीनर ने कहा, ''अब सुबह ही बस जा सकेगी।''

इतना सुनते ही सभी यात्री हैरान हो गये। अचानक अल्पना का चेहरा पत्थर-सा हो गया था। वह जड़-सी वैसी ही बैठी रही। अलंकार शायद खुश होगा, क्योंकि वह अधिक समय तक देख सकेगा उस सुन्दर मोहिनी युवती को। अचानक रात का भयानक सन्नाटा छाने लगा, तभी बदमाश लोग बहुरूपियों की शक्ल में बस के अन्दर दाखिल हुए।

सभी नवीन औजारों से लैस थे। छोटे-छोटे अत्याधुनिक पिस्तौल उनके पास थे। अचानक ही बस के यात्री जान बचा-बचाकर तितर-बितर होने लगे। वह युवती भयभीत बैठी काँप रही थी। अचानक अलंकार उस युवती के पीछे जाकर खड़ा हुआ और अपना रिवाल्वर उन बदमाशों के आगे तान दिया।

अलंकार सब-इंसपेक्टर के पद पर हाल ही में नियुक्त हुआ था। युवती आभूषण से लदी हुई थी।

उसको देखकर लगता था कि वह किसी स्वर्णकार की बेटी होगी। अलंकार

सिविल ड्रेस में था, फिर भी उसे देखकर बदमाश भाग खड़े हुए। पहले ही बदमाशों के भय से यात्री जहाँ-तहाँ अपनी जान बचाकर भाग खड़े हुए।

युवती चुप बैठी रही।

कुछ क्षण पश्चात वह बोली- ''आपको मेरी ओर से धन्यवाद।''

''ये क्यों? इसमें धन्यवाद की क्या जरूरत है। मैं तो पुलिस का आदमी हूँ'' यह मेरा कर्तव्य था कि सभी यात्रियों की रक्षा करता।''

अलंकार अपना कर्तव्य बोध स्वयं करता हुआ बोला। कुछ क्षण पश्चात युवती ने कहा, ''आप एक अच्छे सब-इंस्पेक्टर हैं।''

''शुक्रिया कम से कम किसी ने पुलिस की प्रशंसा तो की। आज तक मेरी किसी ने प्रशंसा नहीं की थी।'' अलंकार उस युवती को छुपी नजर से देखता हुआ बोला।

सभी पैसेन्जर पास के गाँव में जाकर रात ठहर गये लेकिन बस में अलंकार और वह युवती थी। इतने में बस कण्डक्टर अलंकार के पास आया और बोला, ''साहब, आप लोग रात कहाँ काटेंगे?''

अचानक अलंकार परेशान होता हुआ बोला- ''क्यों यहाँ पड़ोस में पुलिस चौकी नहीं है?''

''हाँ साहब, है तो।''

''किन्तु कोई समस्या है?'' अलंकार ने विस्मयपूर्वक पूछा।

''साहब, यहाँ रात के समय जाना ठीक नहीं है।'' वह कण्डक्टर बोला। ''ऐसी क्या बात है?'' अलंकार ने सहजतापूर्वक प्रश्न किया।

''वैसे लोगों के द्वारा सुना है कि रास्ते में एक हवेली पड़ती है। उस हवेली में कोई आत्मा भटक रही है। उसने कहा...

''लेकिन हमें उस हवेली से क्या मतलब?''

अलंकार ने कहा।

''है मतलब, साहब।'' वह बोला। ''रास्ता ठीक हवेली के सामने से गुजरता है।''

''कोई डर की बात नहीं है, लेकिन यह बताओ कि चलना कितना पड़ेगा?'' अलंकार ने पूछा।

''यही कोई एक किलोमीटर।'' उसने जवाब दिया। ''ठीक है। हम पुलिस चौकी चलते हैं। फिर पुलिस में होकर डर-वर कहाँ लगता है हम लोगों को।''

पुनः अलंकार ने स्वयं को हिम्मत देते हुए कहा- ''रही बात प्रेत आत्मा की, तो यह एक ढकोसला है।'' अलंकार ने उस युवती को देखते हुए कहा।

युवती को कुछ समझ में नहीं आ रहा था कि क्या करे, किधर जाये।

बस में ठहरे या उस पुलिस वाले के साथ पुलिस चौकी जाकर रात गुजारे। समस्याएँ दोनों कठिन थीं। इतना वह सोच ही रही थी कि अलंकार ने कहा-

''आप मेरे साथ चलेंगी?''

और फिर अलंकार उसके जवाब की प्रतीक्षा करने लगा।

वह चुप-सी खड़ी रही, कुछ न कह सकी। ''आप कुछ जवाब दीजिए न।'' अलंकार ने उस युवती को ध्यानपूर्वक देखते हुए उत्तर जानना चाहा।

अभी वह कुछ जवाब दे न सकी थी कि बस का कण्डक्टर बोला- ''बहन जी, आप साहब के साथ चली जाइये, यहाँ भी आप कैसे रुकेंगी?''

उस युवती को समझ में नहीं आ रहा था इसलिए वह अलंकार के साथ चलने को तैयार हो गयी।

रात अँधेरी थी। रास्ता पथरीला और खराब था। पानी भी जगह-जगह गड्ढों में भरा हुआ था लेकिन गनीमत थी कि अलंकार के पास टॉर्च थी।

रिवाल्वर भी उसने डाल रखा था।

डर की कोई विशेष बात नहीं थी।

दोनों मौन रूप में चलते जा रहे थे। कोई एक-दूसरे से बात करने का साहस नहीं कर पा रहा था।

अचानक वह युवती ही बोली- ''श्रीमान जी, आप एक नेक इंसान हैं और बहादुर भी हैं।''

''देखिए, आपने यह दूसरी, प्रशंसा की है और मेरी प्रशंसा सुनने की

अधिक आदत नहीं है।'' उसने कहा...

''यदि आप अपना नाम बतायें तो कुछ पहचान भी हो हमारी और आपकी।'' अलंकार ने कहा...

अलंकार के सवाल में जिज्ञासा निहित थी। युवती ने जवाब दिया,

''मेरा नाम अल्पना है।''

''नाम तो आपका बहुत सुन्दर है, अल्पना जी।''

अलंकार ने कहा।

''धन्यवाद।'' अल्पना ने शालीनता से कहा। कुछ क्षण दोनों खामोश पुनः रास्ता तय करने लगे। रास्ता ठीक न होने के कारण बहुत समय लग रहा था।

अलंकार ने कहा- ''आपने हमारा नाम नहीं पूछा।''

''आप तो एक नेक इंसान हैं और आपका यह परिचय कम तो नहीं कि आप एक इंसान हैं, मददगार हैं, सभ्य और सुशील हैं।''

अल्पना ने नजर फेरते हुए कहा।

''वाह! अल्पना जी, आपकी बातों का जवाब नहीं है। कितनी बड़ी-बड़ी डिग्रियाँ आपने मुफ्त में दे डालीं और नाम फिर भी नहीं पूछा।

खैर, आप मत पूछिए। मैं ही बताता हूँ।

मेरा नाम अलंकार है।

वह बोला... ''क्यों, नाम बुरा तो नहीं है?''

''अलंकार का प्रयोग साहित्य में होता है। जहाँ पर अलंकार का प्रयोग होता है, वहाँ की सुन्दरता में चार चाँद लग जाते हैं।'' अल्पना ने मुस्कुराते हुए कहा। ''फिर जब कभी आप किसी के जीवन में जायेंगे तो उसका जीवन स्वर्ग बन जायेगा।''

इतना कहकर अल्पना ने चेहरा फेर लिया था। अल्पना के शब्दों का अलंकार के पास कोई जवाब न था। वह सुनकर चुप रह गया।

रास्ता अब भी काफी था किन्तु वह हवेली सामने दिखायी पड़ रही थी।

जैसे ही हवेली के समीप दोनों पहुँचे, एक व्यक्ति हाथ में मशाल लिये हुए दिखायी दिया। अल्पना ने भयवश अलंकार का हाथ सहसा पकड़ लिया।

अलंकार ने बुझी हुई अति मन्द आवाज में कहा- "अल्पना, हिम्मत रखो। हम तुम्हारे साथ हैं।"

इतने में वह बूढ़ा व्यक्ति, जो हवेली के बाहर खड़ा हुआ था, बोला, "आप लोग कहाँ जा रहे हैं?"

अलंकार ठहर गया। अल्पना का दिल किसी होने वाली अप्रत्याशित घटना के लिए संकेत-सा दे रहा था।

"हम लोग पास की पुलिस चौकी में रात काटने के लिए जा रहे हैं।" अलंकार ने कहा।

"पुलिस चौकी पर एक स्त्री रात को रुकेगी... वह भी अविवाहित। नहीं, ऐसा उचित नहीं है। सम्भ पुरुष।" वह मशाल वाला बूढ़ा व्यक्ति बोला। "फिर क्या करना चाहिए, बाबा जी?" अलंकार ने सरल-सा सवाल किया।

"यदि आप उचित समझें तो आज की रात हवेली में ही ठहर कर इस वीरान हवेली को रोशन कर दें।"

"अरे! बाबा जी, ऐसी क्या बात है।"

अलंकार ने ठहरने के लिए स्वीकृति दे दी। लेकिन अल्पना के सामने भय के बादल मँडराने लगे थे। उसका तो बिलकुल मन न हो रहा था कि वह उस प्रेतों वाली हवेली में ठहरे। साथ ही अलंकार भी अल्पना के लिए नया और अपरिचित व्यक्ति था। किन्तु मार्ग कोई दूसरा न था अल्पना के समक्ष।

अलंकार हवेली के भीतर प्रविष्ट हुआ। अल्पना साथ में थी उसके।

अलंकार जैसे ही अन्दर दाखिल हुआ, हवेली के अन्दर की भव्यता व भयानकता देखकर उसकी आँखें चौंधियाने लगी थीं। हवेली के अन्दर मशाल के जलने से पर्याप्त प्रकाश था। एक विशाल कक्ष को खोलकर उस वृद्ध ने उन दोनों को सम्मानपूर्वक बैठाया। अल्पना चकरायी दृष्टि से इधर-उधर देख रही थी।

अलंकार के मष्तिष्क में केवल एक प्रश्न गूँज रहा था कि इस हवेली का

प्रेत आत्मा से क्या सम्बन्ध है और क्यों लोग हवेली के प्रति इस तरह की धारणा रखते हैं। अलंकार तमाम से अपरिचित प्रश्नों के साथ स्वयं को उलझा रहा था।

ऐसे नाना प्रकार के सवाल अलंकार के सम्मुख थे किन्तु वह धैर्यपूर्वक हर एक रहस्य का पता लगाना चाहता था।

अलंकार ने उस वृद्ध पुरुष से पूछा- ''बाबाजी, इस हवेली का रहस्य क्या है? लोगों में इसके प्रति इतना भय क्यों व्याप्त है?'' अलंकार इतना कहकर बाबा के चेहरे का गम्भीरतापूर्वक अवलोकन करने लगा।

वह बाबा हँस पड़ा।

बोला, ''क्या करिएगा यह सब जानकर, साहब।''

''मेरी इच्छा हो रही है।'' अलंकार ने उत्सुकतावश कहा।

वह पुनः हँस पड़ा और देर तक हँसता रहा। हवेली उसकी तीव्र हँसी से गूँज उठी।

अल्पना घबरा-सी गयी थी।

अलंकार संयमपूर्वक हवेली की हर एक चीजों की ओर रोशनी डालने की चेष्टा कर रहा था। अलंकार ने पुनः सवाल किया- ''आप कुछ तो बताइए, बाबा जी?''

''मत जानने की कोशिश करो, नव युवक।''

वह किसी अनहोनी को टालने का प्रयास कर रहा था।

''आओ, मेरे साथ आओ।'' वह बोला...

अलंकार और अल्पना बाबा के पीछे-पीछे चल दिये। हवेली के पीछे एक लम्बा आहाता था।

उस आहाते में सैकड़ों कंकाल पड़े थे। अल्पना ने आँखें मींच ली और पल भर में ही बेहोश होकर अलंकार की बाँहों में लिपट गयी।

आहिस्तापूर्वक अलंकार ने अल्पना को साफ-सुथरे स्थान पर लिटाया और फिर आहाते के भीतर जाकर वो सब कुछ जासूसी नजर से देखने लगा, जो कुछ भी वहाँ उसे देखने को मिल रहा था।

''ये कंकाल कैसे है?'' अलंकार ने आश्चर्यपूर्ण ढंग से सवाल किया था। ''ये कंकाल भी एक कहानी है, नवयुवक।'' बाबा ने सधी हुई आवाज में सवाल का जवाब दिया।

''समय-समय पर लोग यहाँ भटकते हुए आये और साहस दिखाने के कारण इस दशा में आ गये। यही हश्र हुआ जिज्ञासु व्यक्तियों का।''

वह व्यंग्यात्मक शैली में हँसता हुआ बोला। ''कुछ तो आहाते को इस दशा में देखकर यहीं पर गिर गये और वे फिर कभी उठ न सके।''

नवयुवक, उनका यही हश्र हुआ है जो यहाँ का इतिहास जानने आये हैं। नवयुवक, तुम वापस लौट जाओ, वर्ना यहाँ का इतिहास बहुत विचित्र है। नवयुवक, इस हवेली के इतिहास की एक मोटी पुस्तक है जिसके अनगिनत पृष्ठों में तुम अपना पृष्ठ मत जोड़ो।

''मैंने इतना समझा होता कि आप रात ठहरना नहीं चाहते बल्कि हवेली के रहस्य को जानना चाहेंगे तो मैं इस हवेली में आपको ठहरने की अनुमति नहीं देता।''

वह वृद्ध युवक बोला।

''यदि आपको कोई कष्ट हो तो मैं जाकर पुलिस चौकी में ही विश्राम कर लूँ।''

अलंकार ने कहा।

''नहीं, नवयुवक। हम आये अतिथि का अपमान नहीं कर सकते। आप जब आ ही गये हैं तो रातभर के लिए मेरी देख-रेख में हैं। आज की रात आप दोनों इस हवेली में ठहर सकते हैं।'' बाबा ने अलंकार को घूरते हुए कहा।

''इस मेहरबानी के लिए शुक्रिया, बाबाजी।

लेकिन कष्ट करके मुझे कुछ और चीजों से अवगत करायें।''

अलंकार ने पुनः सवाल किया। ''तुम नहीं मानोगे नवयुवक, नहीं छोड़ोगे अपनी ज़िद। अच्छो तो सुनो इस हवेली का इतिहास।''

बाबा ने एक चौकी पर बैठते हुए कहा, ''यहाँ 20 वर्ष पूर्व एक राजा उदयभान सिंह थे। उनकी पत्नी चित्रवती इस पूरे इलाके में सबसे सुन्दर स्त्री थी।

ऐसा राजा का मानना था कि उनकी पत्नी सबसे सुन्दर है।

नवयुवक, वह अपनी रानी को बहुत प्रेम करते थे।

अचानक एक रात चित्रवती को एक भयानक स्वप्न आया और उस स्वप्न से डरकर वह प्राण खो बैठी।''

''फिर क्या हुआ, बाबाजी?'' अलंकार ने उत्सुकतावश पूछा।

वृद्ध ने कहा- ''राजा उदयभान सिंह उस सदमे को सहन न कर सके और उनके हृदय की गति रुक जाने के कारण देहान्त हो गया।

राजा उदयभान सिंह बहुत धनी राजा थे। काफी बड़ी रियासत थी उनकी। किले में एक ऐसा कमरा है जिसमें हीरा, जवाहरात और करोड़ों के आभूषण हैं जिनके पीछे न जाने कितनी निगाहें टिकी हुई हैं।

किन्तु राजा की आने वाली आत्मा उस कमरे तक किसी को पहुँचने नहीं देती है।

उसी कमरे के भीतर रानी साहिबा की एक तस्वीर भी है। बस हर रोज उसी तस्वीर के पास राजा उदयभान सिंह की आत्मा आती है।'' वह वृद्ध नवयुवक को सारी कहानी बताने लगा।

अलंकार ज्यों-ज्यों रहस्य जान रहा था वैसे ही उसको हार्दिक खुशी का एहसास हो रहा था एवं विचारों के झंझावात उसके मानस पटल पर सहज ही दृष्टिगोचर हो रहे थे। सहसा अलंकार ने सवाल किया-

''इस कमरे के ताले की चाभी किसके पास है?'' ''नवयुवक, इसकी चाभी का पता तो मुझको भी नहीं है।'' बाबा ने एक तीखी नजर अलंकार पर डाली।

इसके बाद बाबा ने बताया कि इसका ताला विशेष नम्बर के द्वारा ही खुलता है।

''अच्छा... लेकिन वह कमरा कहाँ पर है?'' अलंकार ने सवाल किया। वह कमरा एक गुफा को पार करने के बाद ही मिल सकेगा। लेकिन उसका तो नक्शा होगा, बिना नक्शा उस स्थान तक कोई भी व्यक्ति पहुँच नहीं सकेगा। उसने कहा। अल्पना दोनों के मध्य वार्तालाप को सुनकर भयभीत हो रही थी। इसके बाद अल्पना को नींद आयी और वह वहीं सो गयी।

"यह सब कुछ तो मुझे राजा के जीवन में देखने को मिला था। उनके देहान्त के बाद न उस नक्शे का पता चला और न उस चाभी का पता रहा, क्योंकि यह सब कुछ तो राजा साहब ही जान सकते थे।

मैं तो नौकर था।"

"क्या तुम वह नम्बर बता सकते हो?" अलंकार ने पूछा।

"हाँ, नवयुवक। मुझे केवल ही वह नम्बर मालूम है लेकिन चाभी बिना वह नम्बर तुम्हारे काम नहीं आ सकेगा।" वह बोला।

यदि मैं वह नम्बर तुमको बताता हूँ, तो मेरे जीवन का खतरा हो सकता है। इसलिए मुझे विवश मत करो। अधमने मन से वृद्ध बोला-

ऐसा लगता था कि जैसे वह वृद्ध उस रहस्य को बताना भी चाह रहा हो और नहीं भी। क्योंकि केवल नम्बर का जानना और शेष न जानना अलंकार को भ्रम में डाल रहा था।

क्योंकि शायद रहस्य बता देने से उसे अपने जीवन को भय महसूस हो रहा था और शीघ्र ही अलंकार ने उसके इस मनोभाव को समझ लिया था।

अलंकार ने बहुत कोशिश की यह समझाने की कि तुम्हारे जीवन को कुछ न होगा क्योंकि मैं एक पुलिस इंस्पेक्टर हूँ। तुम वह नम्बर बताओ, मैं तुम्हारी सहायता करूँगा। अलंकार इस निष्कर्ष तक तो पहुँच चुका था कि हवेली के रहस्य को समझने के पूर्व नम्बर का जानना अति आवश्यक है।

इसके बाद अलंकार ने पुनः कहा- "बाबा, आप यह नम्बर बताइए तो सही।"

अलंकार के काफी आग्रह करने पर अन्त में वह विवश होकर बोला- "इंस्पेक्टर साहब, वह नम्बर है 08482।" इतना कहते हुए उसकी जुबान लड़खड़ा-सी रही थी। और इतने में ही एक तेज चमक उस वृद्ध के चेहरे पर पड़ी और वह वृद्ध तुरन्त गिर गया एवं कराहता हुआ बोला-

"देख लिया न... इंस्...पेक...टर... साब... हश्र यहाँ की खोज का..." और वह स्वर्गलोक सिधार गया।

अलंकार को सहसा आघात-सा हुआ कि वह अपने दिये हुए वचन को

निभा न सका। वह उस वृद्ध के जीवन को बचा न सका।

उसके पीछे कुछ समझ में न आया कि यह कैसा प्रकाश था जिससे उस वृद्ध की पल भर में मौत हो गयी।

काफी देर तक वह विचारशील अवस्था में खड़ा सोचता रहा।

कुछ क्षण के पश्चात अलंकार ने परेशान होकर अल्पना को जगाया।

''अल्पना, उठो अल्पना। अल्पना, उठो अल्पना।

देखो अल्पना, क्या अनर्थ हो गया है यहाँ पर।'' अलंकार हड़बड़ाहटवश अल्पना को जगाने लगा। अब वह उठ बैठी थी।

इस वक्त उसकी बेहोशी भी दूर हो चुकी थी क्योंकि समक्ष जो था वह हृदयविदारक था।

अलंकार उस रोशनी का रहस्य जान न पा रहा था। वह घबरा गया था इस हवेली के जाल में फँस कर।

अल्पना उस वृद्ध मृतक के शरीर को देखकर डर रही थी। वह आहिस्ता से बोली- ''अलंकार, हम लोग पहली मुलाकात में कहाँ आ गये हैं? और कितनी भीषण समस्या में जकड़ गये हैं। सच में अलंकार, मैं हैरान हो रही हूँ और मैं घबरा रही हूँ। इस हवेली में मुझे बहुत डर लग रहा है, मेरा दम घुट रहा है।''

''धैर्य रखो, अल्पना।'' अलंकार ने आहिस्तापूर्वक कहा।

''हम नहीं समझते थे कि हवेली इतनी भयानक और रहस्यमयी भी हो सकती है लेकिन एक बात यह नहीं समझ में आ रही है कि जैसे ही वह वृद्ध युवक नम्बर बता रहा था, अचानक एक प्रकाश उसकी आँख पर पड़ा और वह मर गया। इसका तात्पर्य तो यही है कि यह प्रकाश एक बड़े रहस्य का केन्द्र बिन्दु है।''

अलंकार उस घटना को अल्पना को बताता हुआ बोला।

''जरूर कोई गहरा रहस्य है।'' पुलिस शैली में होठों को दबाते हुए अलंकार ने कहा। अलंकार की नौकरी की शुरूआत का यह पहला रहस्यमयी मंजर था।

''ठीक है, अल्पना। चलो पास वाले कमरे में विश्राम करते हैं।'' अलंकार ने कहा-

अलंकार और अल्पना उसी कमरे में जाकर बैठ गये जिसमें उस वृद्ध युवक ने बैठाया था।

अलंकार कुछ सोचता हुआ बोला- ''अल्पना, एक बात मेरी समझ में नहीं आती कि रोशनी से एक इंसान मर कैसे सकता है?'' वह सोच के गहरे सागर में डूबता चला गया।

''हाँ,

ये मेरे भी कुछ समझ में नही आ रहा है कि ऐसा सब कुछ कैसे हो गया।'' अल्पना अपने सिर के बाल खुजलाते हुए बोली।

विषय को बदलते हुए अल्पना ने कहा- ''अलंकार, अब कुछ और बातें करो। इन रहस्यमयी बातों से मेरा दिल घबरा रहा है।''

रात अधिक हो चुकी थी।

अलंकार ने कहा- ''अल्पना, तुम ऐसा करो। दूसरे कमरे में जाकर तुम सो जाओ और इसमें मैं सो लूँगा।''

''नहीं, अलंकार''

उसने भयभीय होकर कहा- ''दूसरे कमरे में मुझको डर लगेगा।''

''फिर रास्ता क्या है?''

''बिस्तर तो एक ही है।'' अलंकार ने कहा।

''हम लोग बैठे-बैठे रात काट लेंगे, सुबह तक वह बस ठीक ही हो जायेगी।'' अल्पना ने सुझाव दिया था।

दोनों एक ही बेड पर बैठे रहे।

अल्पना अत्यधिक भयभीत थी। थोड़ी देर में अलंकार ने सवाल किया, ''अल्पना, तुम कहाँ की रहने वाली हो?'' ''वैसे तो मैं ग्वालियर की रहने वाली हूँ लेकिन मैं उन्नाव में एक सरकारी प्राइमरी पाठशाला में अध्यापिका हूँ।''

''वाह! आजकल मैं भी उन्नाव में ही पोस्टेड हूँ। अभी इतनी शीघ्र मेरा

तबादला भी नहीं होगा।'' अलंकार खुश होकर बोला। ''ये जनपद मेरे लिए महत्वपूर्ण इसलिए भी है क्योंकि मैंने नौकरी की शुरूआत इसी जनपद से की है।

किन्तु आप उन्नाव में किस जगह रहती हैं?''

''उन्नाव जेल के पूरब की ओर एक रामचरन पण्डित जी का मकान है, उसी में।''

अल्पना ने जवाब दिया।

''ठीक है, अल्पना जी। मैं मिलने अवश्य आऊँगा।''

''लेकिन आप का पता?''

''जी, कमाल की बात है। इंस्पेक्टर बृजभूषण के नाम से आप मुझे आसानी से पा जायेंगी। वह हँसता हुआ बोला-

''इंस्पेक्टर बृजभूषण?'' वह चौंकती हुई बोली।

''यह नाम तो उन्नाव में ऐसे छाया हुआ है जैसे ईमानदारी में राजा हरिश्चन्द्र जी का था।'' वह बोली।

''नहीं, अल्पना जी। ऐसी कोई बात नहीं है। ये अलग-अलग लोगों के जीवन के जीने के तरीके हैं। कोई व्यक्ति वर्दी का गलत ढंग से इस्तेमाल करता है तो कोई उसकी गरिमा को समझता है। इतना है मेरे साथ कि मैं जब अलंकार था तब घर का, अपने माँ-बाप का, पास-पड़ोस का, सबका प्रिय था।

स्कूल का मैं अलंकार न होकर बृजभूषण था और आज वर्दी में भी मैं वैसा ही घर का अलंकार हूँ और पुलिस स्टेशन का बृजभूषण हूँ।

मुझे कभी ऐसा एहसास नहीं होता है कि मेरे पास कोई ऐसी शक्ति है जिसका मैं गलत ढंग से प्रयोग कर सकता हूँ। क्योंकि वर्दी मुझे समाज व जनहित के लिए दी गयी है।'' अलंकार के स्वभाव से अल्पना प्रभावित हो रही थी। कमरा अन्दर से बन्द था। सहसा एक आवाज आयी। ''तुम लोग इस हवेली को सुबह होते ही खाली कर देना और पुनः किसी तरह की जानकारी के लिए यहाँ आने की गलती मत करना वरना जीवित न लौट पाओगे।'' यह सुनकर अलंकार चौंक पड़ा और शान्त होकर उस आवाज को पहचानने की कोशिश करने लगा। और इसके पश्चात 'हा-हा-हा-हा-' ऐसी भयानक हृदयविदारक

ध्वनियाँ वातावरण को भयावह बनाती हुई गूँज पड़ीं।

अल्पना डरवश अलंकार से लिपट गयी।

अलंकार पास में बैठा रहा।

अलंकार के हृदय में उसके प्रति अनायास ही प्रेम जागृत होने लगा था।

हल्के से अलंकार ने उसके चेहरे पर हाथ फेरा और प्यार के स्वर्ग में बैठे-बैठे खो गया। परन्तु दोनों का दिल धक-धक कर रहा था। प्यार के एहसास के मध्य ध्वनियाँ किसी विलेन की भाँति आड़े आ रही थीं।

अगले दिन अलंकार कोतवाली में बैठा फाइल पलट रहा था। किन्तु उसका मस्तिष्क फाइलों में न लग रहा था। उसके सामने हवेली के रहस्य गूँज रहे थे। वह सोचने में व्यस्त था कि कौन-सी ऐसी शक्ति है जो उस हवेली को एक रहस्य का केन्द्र बिन्दु बना रखी है। इस वक्त अलंकार उन्नाव आकर अपनी ड्यूटी ज्वाइन कर चुका था।

अचानक दफ्तर में एस0पी0 कपिल प्रविष्ट हुए।

इंस्पेक्टर बृजभूषण उठ खड़े हुए और सैल्यूट मारते हुए तैनात खड़े हो गये।

‘‘इंस्पेक्टर बृजभूषण।’’

‘‘आइए, सर!’’ वह बोला।

एस0पी0 कपिल बैठते हुए बोले- ‘‘आज मैं तुम्हारे पास स्वयं मिलने इसलिए आया हूँ क्योंकि कुछ जरूरी बातचीत करनी है।’’ ‘‘सर!’’ बृजभूषण चौंकता व सावधान होता हुआ बोला। ‘‘ऐसा करना, तुम शाम को मेरे घर पर आ जाओ। वहीं पर बैठकर इतमीनान से बातचीत होगी।’’ इतना कहते हुए एस0पी0 कपिल वहाँ से चले गये और उनके जाने के पश्चात फिर इंस्पेक्टर ने फाइलों को बन्द करना प्रारम्भ कर दिया।

बँगले के भीतर दाखिल होकर इंस्पेक्टर बृजभूषण ने दरवाजे पर लगी बेल के स्विच को पुश किया। अचानक घर के कुत्तों ने भौंकना प्रारम्भ कर दिया। बृजभूषण ने सोचा कि क्या पहले कुत्ते ही स्वागत करेंगे मेरा?

सहसा एस0पी0 कपिल बाहर निकले।

‘‘आइए, इंस्पेक्टर भूषण।’’

सम्मानपूर्वक एस0पी0 कपिल ने इंस्पेक्टर को बँगले के अन्दर बुलाया।

इंस्पेक्टर आश्चर्य में था कि एक अधिकारी आखिर इतना सम्मान क्यों दे रहा है? वह बोले,

‘‘डरो मत, भूषण। तुम तो इस इलाके के शेर हो और तुम्हारे नाम से लोगों में बहुत भय-सा व्याप्त है।’’

एस0पी0 कपिल ने व्यंग्यात्मक शैली में कहा।

इस वक्त इंस्पेक्टर बृजभूषण एक बड़े सरकारी ड्रॉइंगरूम में बैठे थे।

क्योंकि यह विभागीय बँगला था।

अति आलीशान।

बृजभूषण यानी कि अलंकार चुपचाप एस0पी0 के मनोभावों को पढ़ने की कोशिश कर रहा था। इतने में एस0पी0 कपिल बोले- ‘‘अलंकार, तुमने वह एक दवाई की गाड़ी क्यों पकड़ी है?’’

एस0पी0 कपिल ने गम्भीर लहजे में कहा।

‘‘सर! वह जैकाल माइकल नकली दवाइयों का व्यापार करता है।’’ बृजभूषण ने जवाब दिया। ‘‘तुम कैसे कह सकते हो कि जैकाल डुप्लीकेट दवाइयाँ बनाता है?’’ एस0पी0 कपिल ने तेज स्वर में कहा। ‘‘हाँ, सर। मैं श्योर हूँ।’’ वह बोला।

‘‘पिछले रविवार को जब मैं पुलिस लाइन के पिछले हिस्से से जा रहा था तो यू0एस0एक्स0811 नं0 ट्रक मेरी बुलेट गाड़ी देखकर तेजी से भागी। मुझे सन्देह हुआ। मैंने पीछा करना शुरू किया। उसको पकड़ा तो जैकाल माइकल मुझ पर गरज पड़ा कि छोड़ दे मेरी गाड़ी वरना तेरी नौकरी को ले लूँगा।

इतना सुनकर सर मेरा भेजा नाच गया और उसको मारते-मारते बेहाल कर दिया मैंने। इंस्पेक्टर बृजभूषण ने तेज लहजे में सिगरेट को स्ट्रे में बुझाते हुए बोला। एस0पी0 ने कहा।

‘‘जी सर!’’ इंस्पेक्टर बृजभूषण ने अदबपूर्वक जवाब दिया।

"उसने कुछ कुबूल किया?" एस0पी0 कपिल ने ठोस शब्दों में पूछा।

"वह कुबूलेगा कैसे नहीं, सर!"

"लेकिन कब तक तुम उसको हिरासत में रखोगे?" एस0पी0 ने फिर पूछा। जब तक उसकी दवाइयाँ चेक होकर नहीं आ जायेंगी कि असली हैं या नकली, तब तक।" वह गम्भीर लहजे में बोला।

"ठीक है। लेकिन सुना है तुम उसको टॉर्चर कर रहे हो। ध्यान से सुनो। आइन्दा उसे तब तक टॉर्चर नहीं करोगे जब तक उसका जुर्म साबित न हो जाये। तुम कानून के दायरे के बाहर जाकर कोई काम नहीं कर सकते हो, इंस्पेक्टर अलंकार उर्फ बृजभूषण।" व्यंग्यात्मक शैली में एस0पी0 ने कहा।

"ओ0के0 सर!" इंस्पेक्टर बृजभूषण ने स्वीकारात्मक लहजे में जवाब दिया।

"अब तुम जा सकते हो।" एस0पी0 कपिल ने कहा।

अलंकार का दिमाग तनाव में था।

वह भटकते कदमों से अल्पना के घर की ओर चल पड़ा। वह इतना मानसिक उलझन में था कि सरलता से मार्ग भी खोज नहीं पा रहा था।

अचानक अल्पना की ही दृष्टि अलंकार पर पड़ गयी।

वह पास आती हुई बोली, "अलंकार!" बुझी हुई आवाज में बोली थी वह। "क्या हुआ अलंकार जी, आप इतने परेशान क्यों हो रहे हैं?" अल्पना ने आत्मीयतापूर्वक पूछा? "क्या बताऊँ अल्पना?"

यह पुलिस की नौकरी ऐसी है जिसमें ईमानदारी और कर्तव्यनिष्ठा से कार्य करना निगेटिव इमेज बनाता है। "और वह अजीब-सा मुँह बनाता हुआ बोला, "सच! सच्चाई का वहाँ पर कोई मूल्यांकन नहीं है।

पुलिस की नौकरी में तो बस कागज पर ईमानदार होना चाहिए, अन्दर से पहले दर्जे का भ्रष्ट और मक्कार।" वह परेशान होता हुआ अपने सिर की कैप को ठीक करने लगा।

इतने में अल्पना का कमरा आ गया जिसमें वह अकेले रहती थी। "आइए अलंकार।" कमरे में अलंकार को ले जाती हुई अल्पना बोली।

''वाह! बड़ा खूबसूरत सजा-धजा कमरा है आपका।'' वह कमरे को ध्यानपूर्वक निहारता हुआ बोला।

''इसे कमरा क्यों कह रही हो तुम। यह तो अन्दर से कितना सुन्दर छोटा-सा बँगलानुमा है।'' खुश होता हुआ अलंकार बोला।

कमरे के बाहर एक बड़ा आँगन था।

आँगन के मध्य तुलसी का अच्छा-सा हरा-भरा पौधा लगा था। ऐसे लग रहा था कि रोज उसको पानी डालकर अल्पना पूजती होगी।

''क्यों अल्पना, तुम तुलसी की पूजा भी करती हो?''

''जी हाँ, ये तो मैं कार्य प्रतिदिन करती हूँ। पूजा व भगवान में श्रद्धा मेरे जीवन में एक अभिन्न अंग है। ये संस्कार तो मेरी माँ ने मुझे दिये थे।'' आँगन के बाद एक बड़ा हॉल था जो शायद गन्दा ही पड़ा था, क्योंकि उसमें अल्पना रहती नहीं होगी। ऐसा अलंकार सोचने लगा था।

''क्यूँ अल्पना, ये हॉल गन्दा क्यों पड़ा है? ''अलंकार ने पूछा इसका कोई इस्तेमाल ही नहीं है। इसकी मैं अकेली कहाँ तक सफाई करूँ।'' अल्पना ने सहजतापूर्वक जवाब दिया।

''हाँ, ठीक ही तो है। इतना भारी घर और उसकी सफाई अकेली होकर तुम्हारे लिए इतना कठिन भी तो है।'' अलंकार इतना कहते हुए हाल से बाहर आ गया।

''आप बैठिए, मैं चाय बनाकर ला रही हूँ।'' अल्पना ने कहा और अल्पना चाय बनाने चली गयी।

अलंकार बैठा कमरे का निरीक्षण करता रहा।

कमरा कीमती सामान से सजा हुआ था। बार-बार अलंकार को सामान के प्रति लालच आ रहा था कि वह सब कुछ अल्पना से माँग ले किन्तु ये तो एक विचार है। वह सोच रहा था कि उसकी इतनी तनख्वाह में तो खर्च चलता नहीं है और अल्पना मामूली-सी नौकरी में अमीरों का जीवन व्यतीत कर रही है।

वह बहुत देर तक सोचता रहा।

अल्पना चाय लेकर अन्दर प्रविष्ट हुई।

तुरन्त ही अलंकार ने सवाल किया- ''अल्पना, तुम्हारी तनख्वाह क्या है?''

''क्यूँ?

आप यह सवाल क्यों कर रहे है?'' अल्पना, ने हँसते हुए कहा।

अल्पना ने जवाब दिया, ''यही कोई तीन हजार रुपये।''

''इसका मतलब तुम्हें अपनी तनख्वाह के बारे में भी कुछ मालूम नहीं है।'' अलंकार हँसता हुआ बोला।

''मेरा मतलब तीन हजार रुपये प्रति माह।'' उसने कहा।

''लेकिन कमाल की किफायती लड़की हो तुम। तीन हजार रुपये में इतना अच्छा रख-रखाव है कि मेरा मन तुम्हारी घर-गृहस्थी की ओर आकर्षित हो रहा है। क्योंकि तुम्हें कम पैसों में घर चलाने की कला मालूम है।'' उसने व्यंग्यात्मक शैली में हँसते हुए कहा।

''अच्छा, तो ले लीजिए जो भी चीज आपको पसन्द आ रही हो मेरी घर-गृहस्थी में।'' अल्पना ने अलंकार की ही शैली में जवाब दिया।

''अरे! हम लोग की चाय तो ठण्डी हो रही है।'' अल्पना ने कहा। ''हाँ, पीते हैं।'' और अलंकार ने चाय की प्याली होठों में लगा ली।

अलंकार ने पूछा-

''तुम तो अकेली हो और बस्ती के बाहर क्यों रह रही हो? ऐसा करो बस्ती में छोटा मकान ले लो।

क्योंकि इसका किराया मेरे अनुसार एक हजार प्रति माह से कम नहीं होना चाहिए।'' अलंकार ने कहा।

''नहीं।'' अल्पना ने जवाब दिया।

''मकान मालिक के बच्चे मुझसे ट्यूशन पढ़ लेते हैं। इसके एवज में मेरा पूरा किराया माफ है।''

अल्पना ने जवाब दिया।''

''फिर क्या पूछना... तुम्हारे तो ऐश हैं अलंकार ने मुस्कुराते हुए अल्पना से

कहा। अचानक बैठे-बैठे अल्पना का सिर चकराने लगा और वह बेहोश होकर गिर गयी। अलंकार घबरा गया।

वह उठकर कमरे में रखी कुछ दवाइयाँ ढूँढ़ने लगा। दवाई के डिब्बे से एक कैप्सूल निकालने का अल्पना ने बेहोशी की स्थिति में इशारा किया। अलंकार ने वह कैप्सूल निकाला।

अचानक उसका भी दिमाग चकरा गया जब उसने वह कैप्सूल देखा। वह ट्रैंक्वलाइज़र कैप्सूल था, जो डॉक्टर अक्सर डिप्रेशन के मरीज को लिखते हैं।

''अरे! यह तो वही कैप्सूल है जो मैंने पकड़ा है और टेस्टिंग के लिए जाँच अधिकारी के पास भेजा है।''

उसका मस्तिष्क काम नहीं कर रहा था कि वह कैप्सूल असली है या नकली है।

अल्पना का जिस्म अकड़ रहा था। वह बार-बार वही कैप्सूल माँग रही थी लेकिन भयवश उसको वह कैप्सूल अलंकार नहीं दे रहा था। ''लाइये, अलंकार जी। यह कैप्सूल मुझे दे दीजिए वरना मैं मर जाऊँगी।'' अल्पना ने तड़पते हुए कहा।

वह चीख रही थी।

अलंकार ने विवश होकर कैप्सूल को अल्पना को दे दिया जिसे खाकर वह कुछ ही देर में उठ बैठी थी।

अब वह नॉर्मल थी।

अलंकार ने खोजपूर्ण ढंग से पूछा- ''ये कैप्सूल तुम क्यों खाती हो? तुम्हें क्या बीमारी है?'' मुझे कभी-कभी चक्कर महसूस होते हैं और उन चक्करों में यह कैप्सूल मेरे लिए अमृत का काम करता है।'' अल्पना ने सहजतापूर्वक जवाब दिया।

''आपको चक्कर क्यों आते हैं?''

अलंकार ने पूछा।

''मुझे पता नहीं।''

''चेक अप कराया है?''

''जी, हाँ।'' उसने कहा।

''रिपोर्ट में क्या निकला?'' अलंकार ने पूछा।

''रिपोर्ट में कुछ भी नहीं निकला है।'' उसने जवाब दिया।

''तो फिर यह दवाई किस मर्ज की है?'' अलंकार ने बुरा-सा मुँह बनाते हुए पूछा। ''चक्कर को रोकने की उसने अलंकार का चेहरा ध्यान से देखते हुए जवाब दिया। ''कौन डॉक्टर यह दवाई तुमको देता है?'' अलंकार ने पूछा।

''मैंने मेडिकल शॉप से खरीदी है।'' उसने कहा।

''क्या कहकर दवा माँगती हो?'' अलंकार ने पूछा।

''सिर का चक्कर बताकर।''

''अच्छा तो किस मेडिकल की दुकान से लाती हो?'' अलंकार ने गम्भीरतापूर्वक पूछा। ''अमर मेडिकल हॉल से।'' उसने कहा।

''अलंकार, तुम कुछ खोजबीन में लगे हो। क्या बात है?''

''कुछ नहीं।''

इतना कहकर अलंकार वहाँ से चला गया। अलंकार के जाने के पश्चात काफी देर तक अल्पना कुछ सोचती रही, फिर वह अपने दैनिक कार्यों में व्यस्त हो गयी।

घर जाकर अलंकार ने मोटरसाइकिल उठायी और अकेला उस हवेली के पास जाकर उसने अपनी गाड़ी रोकी।

हवेली के भीतर वह प्रविष्ट हुआ।

गाड़ी बाहर खड़ी थी।

रात अँधेरी थी।

अलंकार खुला हुआ रिवाल्वर हाथ में लिया हुआ था।

वह टॉर्च लेकर हवेली के भीतर दाखिल हुआ। अजीब-सी डरावनी आवाजें वहाँ आ रही थीं।

आँखों पर स्पेशल ग्लास का मजबूत चश्मा था। उसके चश्मे के ऊपर एक विशेष प्रकार की धातु का लेप था, जिस पर भयानक से भयानक किरणें प्रभाव डाल नहीं सकती थीं। यह स्पेशल चश्मा अलंकार को उसके साथी वैज्ञानिक अलबर्ट ने दिया था।

निडरतापूर्वक रिवाल्वर को ताने वह हवेली के हर कमरे में घुसता चला जा रहा था। अचानक एक आवाज आयी- ''तू क्यों अपनी जान को जोखिम में डालकर यहाँ के रहस्य का पता लगाना चाहता है?'' आवाज प्रेत की नहीं हो सकती थी जबकि उस आवाज में भय उत्पन्न करने वाली भयानकता थी। एक भयानक कसक थी।

ऐसा अलंकार ने सोचा। ठीक ऐसा ही अलंकार ने महसूस किया।

अलंकार अपने हाथ में खुला रिवाल्वर लिये हुए आज निडरतापूर्वक उस प्रेत आत्मा का सामना करना चाह रहा था। रहस्य का पर्दाफाश करना चाह रहा था।

''ऐ प्रेत, तू बाहर आ।'' वह तेज ध्वनि में गरज कर बोला।

अलंकार की उस आवाज ने सम्पूर्ण हवेली को हिलाकर रख दिया था। उसकी एक चीख से मानो हवेली की दीवारें हिल उठी हों और बस पल भर में ढह जाना चाह रही हों।

आज अलंकार क्रोध की चरम सीमा पर था। उसकी आँखें किसी शेर की तरह लाल हो किसी को भी निगल जाने की दशा में दिखायी दे रही थीं।

पुनः एक वीभत्सकारी चीख हवेली की अज्ञात दिशा से आयी- ''इंस्पेक्टर बृजभूषण, तू इस हवेली से चला जा। तू इसके रहस्य के जाल में न फँस, क्योंकि पता नहीं क्यों मुझको कुछ हमदर्दी है तेरे जीवन से।

कुछ रुककर वह प्रेत पुनः बोला, ''अगर मैं चाहूँ तो पलभर में तेरी जान ले सकता हूँ, लेकिन मैं ऐसा नहीं करूँगा।'' अचानक आवाज वातावरण में लीन हो गयी।

इंस्पेक्टर अलंकार का दिमाग उसकी इन बातों से एक अजीब कशमकश में पड़ गया।

ये प्रेत आत्मा मेरा नाम कैसे जानती है? वह सोच में पड़ गया।

प्रेत आत्मा एक बार फिर बोली- ''तेरा नाम जानना एक प्रेत आत्मा के लिए कोई मुश्किल बात नहीं है।'' अज्ञात दिशा से आती ध्वनि बोली। इस बार अचानक एक प्रकाश अलंकार की आँख पर आकर पड़ा किन्तु उसको कुछ एहसास न हुआ।

वह एक झटका खाकर पीछे हटा क्योंकि सामने से एक मानव श्रंकाल उसके सिर की ओर आ रहा था। उसने तीव्रतापूर्वक स्वयं को हटा लिया और वह कंकाल हवा में उड़ता हुआ सीधा निकलता चला गया।

अचानक अलंकार का दिल इस भयानक दृश्य से घबरा गया था, किन्तु फिर भी उसने साहस न छोड़ा।

वह हवा में उड़ने वाले कंकाल आखिर कैसे हैं, अलंकार कुछ समझ न पा रहा था।

कभी-कभी तो वह यह भी सोचने को विवश हो जाता था कि कहीं इस हवेली में वास्तव में तो प्रेत आत्माएँ नहीं रहती हैं।

अलंकार उस कमरे तक जाना चाह रहा था जहाँ पर राजा की आत्मा अपनी खूबसूरत रानी से मिलने आती है।

वह सोचने लगा कि कहीं यह सब अंधविश्वास तो नहीं जिससे कोई भी व्यक्ति उस हवेली में नहीं जाये और हवेली का जो भी रहस्य है वह रहस्य ही बना रहे।

इस प्रकार के अनेकों सवाल उसके दिमाग के पर्दे पर चित्रित हो रहे थे।

वह नक्शे की तलाश में हवेली का चप्पा-चप्पा छानने लगा लेकिन कुछ भी पता नहीं चल पा रहा था।

अचानक उसकी दृष्टि एक कमरे पर टिकी, जिसमें एक पुराना ताला लटक रहा था। रिवाल्वर की एक गोली से अलंकार ने उस ताले को तोड़ दिया और कमरे में घुसा।

सम्पूर्ण कमरा धूल से भरा हुआ था।

एक ओर राजा उदयभान सिंह की तस्वीर रखी थी। तस्वीर के ऊपर धूल जमा होने के कारण वह स्पष्ट नहीं दिख रही थी।

राजा उदयभान सिंह की तस्वीर के पास रानी चित्रवती की तस्वीर भी रखी थी।

रानी की तस्वीर पर एक पुराना गन्दा-सा किन्तु बड़े-बड़े फूलों का माला पड़ा था। कमरे के एक ओर तिजोरी रखी थी। तिजोरी अत्यन्त ही मजबूत थी। तिजोरी के दूसरी ओर एक पुराना बॉक्स रखा था जो शायद खुला था। उसमें एक डायरी को पाकर अलंकार बहुत कुछ जासूसी कर पाने के करीब पहुँच चुका था।

डायरी को खोला तो वह राजा उदयभान सिंह की पर्सनल डायरी थी।

डायरी देखकर अलंकार ने उस कमरे को वैसे ही बन्द कर दिया।

वह कमरा अत्यन्त गुप्त स्थान पर था, जहाँ तक शायद किसी का पहुँचना भी सरल नहीं था। अचानक चारों ओर धुँआ छाना शुरू हो गया और अलंकार का दिमाग चकराने लगा।

हड़बड़ाकर अलंकार हवेली के बाहर आ गया और मोटरसाइकिल स्टार्ट कर सीधे पुलिस स्टेशन पहुँचा। उन्नाव से इस हवेली की दूरी मात्र दस किलोमीटर थी।

पुलिस स्टेशन पहुँच कर इंस्पेक्टर बृजभूषण ऑफिस में पहुँचा और थोड़ी देर में जैकाल माइकल को देखने हवालात पहुँचा। जैकाल के पास पहुँचकर इंस्पेक्टर बृजभूषण ने कहा, ‘‘जैकाल माइकल, तुम यह कुबूल कर लो कि तुम किसी भयानक दवाई की कम्पनी से ताल्लुक रखते हो, जो नकली खतरनाक दवाइयाँ बनाती है।’’ इन्सपेक्टर बृजभूषण आँख घूरता हुआ बोला।

‘‘मैंने कहा था न कि मेरा किसी नकली दवाइयों की कम्पनी से कोई भी किसी तरह का रिश्ता नहीं है। आप किसी प्रकार की गलत फहमी में हैं।’’ जैकाल माइकल चीखता हुआ बोला।

छह फुट का वह लम्बा-चौड़ा जैकाल माइकल शक्ल से ही एक नम्बर का बेईमान व्यक्ति नजर आ रहा था।

अचानक एस0पी0 कपिल हवालात के करीब आकर बोले, ‘‘सुनो, मिस्टर बृजभूषण। इस केस में अब आप जाकर आई0जी0 विपुल तलवार साहब से मिलिए, क्योंकि उन्होंने आपकी दिलेरी की प्रशंसा को सुनकर आपको याद किया है।’’

जब इंस्पेक्टर बृजभूषण आई०जी० विपुल से मिलने उनके बँगले पर गये तो वे बोले- "आओ, इंस्पेक्टर बृजभूषण। बैठो।"

आई०जी० विपुल बँगले में अलंकार को सादरपूर्वक बैठाते हुए बोले- "कुछ चाय-वाय चलेगी?"

"नो, सर।" इन्सपेक्टर बृजभूषण ने संक्षिप्त-सा जवाब दिया। "सुना है कोई जैकाल माइकल का मामला उन्नाव में अधिक जोर पकड़े हुए है?

जबकि उसकी बॉम्बे की बड़े ग्रुप की फैक्ट्री है, जो कि माइकल ग्रुप आफ कम्पनीज है।"

आई०जी० विपुल कड़क लहजे में इन्सपेक्टर बृजभूषण को गहरी दृष्टि से देखते हुए बोले।

"तुम जैकाल माइकल को रिहा कर दो।" आई०जी० विपुल ने कहा। "लेकिन सर।" बृजभूषण हड़बड़ाते हुए आहिस्तापूर्वक बोले।

"लेकिन वेकिन क्या होता है? डू यू नो?

तुम किससे बात कर रहे हो?" वह गरज कर बोले।

"यस, सर। सॉरी, सर।"

"वैसे उसकी रिपोर्ट तुम देख सकते हो कि एकदम पॉजिटिव है। सारी दवाइयाँ नम्बर एक की असली हैं। इस तरह की कोई शिकायत की बात नहीं है।

ओके, इन्सपेक्टर बृजभूषण गुडलक। नाउ यू कैन गो ऑन योर ड्यूटी।"

सब कुछ जानते हुए भी लौटकर इन्सपेक्टर बृजभूषण को जैकाल माइकल जैसे भयानक नम्बर दो के स्मगलर को छोड़ना पड़ा।

हताश होकर अलंकार कोतवाली में अपनी कुर्सी पर बैठा तो देखा कि वह डायरी वहाँ से गायब थी जिसे वह ठीक अपनी टेबल पर रख कर गया था।

इन्सपेक्टर बृजभूषण यानी कि अलंकार हर ओर से मार खा रहा था। न ही हवेली का कुछ रहस्य पता चल पा रहा था और न ही उन नकली दवाई बनाने वालों का। अचानक इन्सपेक्टर बृजभूषण ने अमर मेडिकल हॉल पर छापा मारा तो पता चला कि वे सारे डुप्लीकेट कैप्सूल वहाँ बिकते हैं और बनते भी हैं

जिनका प्रयोग अल्पना अपनी जिस्म की ऐंठन को मिटाने के लिए करती है।

इन्सपेक्टर बृजभूषण के अमर मेडिकल हॉल पर पहुँचने से हाल यह हुआ था कि वहाँ भगदड़ मच गयी और पूरा मेडिकल हॉल खाली हो गया था। क्योंकि यह मुख्य गोदाम व फैक्ट्री थी।

जैसे ही वह अन्दर प्रविष्ट हुआ, एक व्यक्ति ने उसके सामने पिस्टल तान दी और बोला- ''इंस्पेक्टर साहब, सीधे वापस चले जाओ वरना जीवन से हाथ धो बैठोगे।''

''इन्सपेक्टर बृजभूषण के आड़े आने की गलती कर रहा है तू। हट जा रास्ते से वरना मैं गोलियों की बारिश कर दूँगा।'' वह गरजता हुआ पुनः बोला।

अचानक जिस जगह पर इन्सपेक्टर बृजभूषण खड़ा था, वहाँ की जमीन दो भागों में बँट गयी और वह नीचे विशालकाय कमरे में लटकते जाल में फँस गया।

वह हैरान होकर हाथ पैर चलाने लगा लेकिन उसको कोई रास्ता समझ में न आ रहा था।

बहुत देर तक वह यूँ ही उस जाल के बीच में फँसा झूलता रहा किन्तु थोड़ी देर पश्चात कुछ लोगों ने उसे नीचे उतार कर एक गोल कमरे के भीतर ले गये और उसका रिवाल्वर छीन लिया गया।

इंस्पेक्टर बृजभूषण ने हिम्मत नहीं हारी। अन्त तक वह जूझते रहे। थोड़ी ही देर में उसकी आँख पर पट्टी बाँधकर एक गाड़ी के द्वारा लगभग एक घण्टे तक सफर करने के बाद जब इंस्पेक्टर बृजभूषण की आँखों से पट्टी खोली गयी तब जाकर उसने नजारा देखा। उसकी आँखें हैरत में पड़ गयीं।

यह वहीं स्थान था जहाँ पर नकली दवाइयों को बनाने का दुष्कर्म होता है।

इंस्पेक्टर बृजभूषण चीखकर बोले-

''हरामखोर, तुम लोगों को जरा भी हया नहीं आती है। इस तरह का गिरा हुआ जाली काम करते हो जिससे लोगों के जीवन को खतरा है। यहाँ दवाई नहीं विष बनता है।

कुत्तों, जो कोई भी इन दवाइयों का प्रयोग करेगा तो उसका मर्ज ठीक होगा

कि वह मौत के गर्त में गिरेगा? जवाब दो, कमीनों।''

''सुन इंस्पेक्टर, आवाज पर लगाम दे वरना तेरी जुबान खींचकर गूँगा कर दूँगा।''

पीछे स्वतः खुलने वाले डोर से जैकाल माइकल सिगार का कश लेता हुआ निकला और तभी वहाँ माइकल को देखकर इंस्पेक्टर बृजभूषण के रग-रग में एक तरह का करण्ट दौड़ गया। वह पुनः चीखा और बोला- ''कुत्तों, तू तो मेरी गिरफ्त में आ ही गया था।

खैर करो, अगर आई0जी0 साहब ने तेरी सिफारिश न कर दी होती, तो तेरा क्या होता?''

''तेरा पुलिस महकमा, ये दो टके का एस0पी0 कपिल, ये सब मेरे बिके हुए टुकड़ों पर पलने वाले कुत्ते हैं समझे चूहे।''

माइकल गरजता हुआ बोला।

इंस्पेक्टर बृजभूषण फटी आँखों से वह सब देख रहा था, किन्तु अपने पुलिस प्रशासन के इस खतरनाक गैंग से मिले होने का उसे तनिक भी अन्दाजा न था।

वह सोचने लगा, यही कारण था कि जब उसने जैकाल माइकल को हिरासत में लिया था, उस वक्त एस0पी0 कपिल ने अपने बँगले पर बुलाकर इसे छोड़ने के लिए मुझे मजबूर किया था। उसने मन ही मन ठान ली थी कि जैसे ही वह इस चंगुल से बाहर निकल पायेगा वैसे ही न तो एस0पी0 कपिल को छोड़ेगा और न ही वह इस अड्डे को जहाँ जहर बनाने का कारोबार हो रहा है।

''क्या सोच रहा है, इंस्पेक्टर?''

जैकाल ने उसे घूरते हुए पूछा।

''सोच रहा होगा कि कैसे इस जैकाल के चंगुल से बाहर जा पाऊँ और अपनी ताकत का इस्तेमाल करूँ।'' क्यों? वह बोला।

''तू ठीक सोच रहा है।'' जैकाल बोला- ''लेकिन तू निकल न पायेगा इस अंधकार कोठरी से, जहाँ का रास्ता सिर्फ जैकाल ही जानता है। तू देख रहा है यहाँ इतने आदमी काम कर रहे हैं। यहाँ न कोई बाहर जा सकता है और न बाहर

से अन्दर आ सकता है।''

जैकाल जहरीली हँसी के साथ हँस पड़ा। वातावरण हँसी से गूँज उठा। ''शान्त हो जा, बदमाश।'' अलंकार चीखा। ''ओए-ओए, तू बहुत जुबान चला रहा है। पुलिस का गुलाम''। जैकाल गरजता हुआ बोला जैकाल, तेरा काल बनकर मैं तुझे विनाश के उस गर्त में ढकेल दूँगा जहाँ से तू कभी बाहर नहीं निकल पायेगा और खत्म कर दूँगा। तेरे जीवन की कहानी को।''

अलंकार ने जैकाल की तरफ तेजी से लपकते हुए कहा।

''ओए, पुलिस इंस्पेक्टर! तू काहे को अपनी ताकत का गलत प्रयोग कर रहा है। यहाँ तेरी कोई नहीं सुनेगा।'' एक दूसरा व्यक्ति, जो कैप्सूल में कुछ पीले रंग का पदार्थ भर रहा था, उठता हुआ बोला। क्योंकि वह व्यक्ति जैकाल का खास कारिन्दा था।

''सालों! कमीनों! मुझे जाने का रास्ता बता रहे हो। अभी मैं एक-एक को मौत के घाट उतारना शुरू करता हूँ।'' ''वाह, इंस्पेक्टर! मैं तेरी हिम्मत को प्रणाम करता हूँ। तेरी शेरदिली के सामने नतमस्तक होता हूँ। तुझे मैं दाद देता हूँ।'' जैकाल बोला।

''लेकिन तू कमीना बहुत है वरना छोड़ जरूर देता। तू बाहर जाकर कुत्ते की तरह भौंकेगा। बोल छोड़ दूँ?'' जैकाल अहिस्ता से सिगार को होठों से सटाता हुआ अलंकार के पास जाकर बोला। अलंकार खामोश रहा।

वह क्रोध से लाल हो रहा था। भूख से वह बेहाल था।

''छोड़, कमीने। मेरी हाजिरी का वक्त हो रहा है।'' अलंकार हैरान होता हुआ चीखा।

''हाजिरी!

अबे, साले! कमीने! मेरी करोड़ों की दवाई के एक ट्रक को पकड़कर तूने मेरी जिन्दगी को तबाह करना चाहा था और मैं इतनी आसानी से तुझे छोड़ दूँ। वह तो कहो एस०पी० कपिल ने पाँच लाख रुपये और दवाई जाँचकर्ताओं ने दो लाख रुपये लेकर मेरी बिगड़ती कहानी को सँभाल लिया।

वरना तूने क्या कसर रखी थी।''

गरजते हुए उसने अलंकार के चेहरे पर करारा चाटा दे जमाया।

इंस्पेक्टर बृजभूषण के जिस्म में पूरे चार सौ चालीस बोल्ट का करण्ट दौड़ गया। वह पागल-सा हो गया।

अलंकार के शरीर पर आज तक किसी का एक भी हाथ न लगा था। ये उसके जीवन का पहला हश्र था। अलंकार के जिस्म में प्रवाहित रक्त खौल उठा और शीघ्र ही वह जैकाल पर झपट पड़ा। इस वक्त अलंकार जाल के फन्दे के बाहर आ चुका था। फिर उसने एक-एक को मार गिराना शुरू किया। उसके भीषण क्रोध को देखकर लोगों में भगदड़ मच गयी। जहाँ लोग फैक्ट्री में कार्य कर रहे थे, वहाँ पर सब कुछ अस्त-व्यस्त हो गया।

अचानक जैकाल ने उसी का रिवाल्वर उसके सामने तान दिया।

वह बोला- "देख, तू रास्ते पर आ वरना तेरे ऊपर मैं गोली चला दूँगा।" अलंकार खामोश होकर खड़ा हो गया।

जैसे ही जैकाल के हाथ ढीले पड़े, अलंकार झपट्टा मारता हुआ बिल्ली की तरह उस पर झपटा।

इस वक्त जैकाल की कलाई इंस्पेक्टर बृजभूषण के हाथ में थी। जैकाल शक्ति लगाकर अलंकार की पकड़ को कमजोर करना चाह रहा था कि अचानक होशियारी से अलंकार ने पलटकर रिवाल्वर अपने हाथ में लेकर जैकाल के सीने पर तान दिया। अब बाजी अलंकार के हाथ आ चुकी थी।

इस वक्त खेल का रुख पलटा हुआ था।

जैकाल के सभी गुर्गे अलंकार यानी इंस्पेक्टर बृजभूषण की दिलेरी पर आश्चर्यचकित थे। जैकाल चूँकि अलंकार की पकड़ में था इसलिए कोई मार्ग में नहीं आ रहा था।

"सभी लोग यहाँ से दूर हट जाओ।" अलंकार चीखा। "कोई भी मेरे रास्ते में आने की कोशिश नहीं करेगा वरना जैकाल की मौत कोई टाल न पायेगा।" सभी वहाँ से हटने लगे।

"जैकाल, मुझे बाहर ले चल।" इंस्पेक्टर अलंकार ने दाँत पीसते हुए कहा। "तू चलता है कि तेरी खोपड़ी को गोली से उड़ाकर राख कर दूँ।"

इंस्पेक्टर ने गरजते हुए कहा। "नहीं, इंस्पेक्टर। मैं रास्ता बता रहा हूँ।" जैकाल ने चिन्ता करने की शैली में जवाब दिया। क्योंकि अब जैकाल माइकल की शैतानी चाल विफल हो चुकी थी।

उसके बाद दो घण्टे तक जैकाल अलंकार को भटकाता रहा।

रास्ता बताने का वह नाम तक न ले रहा था, और अलंकार रिवाल्वर ताने हुये थक रहा था। जैकाल की वह फैक्ट्री बाहर से मेडिकल हॉल व अन्दर से काफी गहरी गुफा लग रही थी। "जैकाल, तू ये क्या खेल खेल रहा है?

कहीं मेरा भेजा घूम न जाये कि मैं तेरी जिन्दगी में यहीं विराम लगा दूँ।

रास्ता बता, कमीने।" जोर से अलंकार गरजा।

वातावरण भर उठा अलंकार की तेज आवाज से।

जैकाल काँप गया।

अचानक जैकाल ने अलंकार को झटका दिया। रिवाल्वर उसके हाथ से दूर जा गिरा। जैकाल उस पर झपटा कि अचानक अलंकार ने लपकर रिवाल्वर पर पैर रख दिया और जैकाल की गरदन पर जोरदार घूँसा जमाया।

वह तड़पकर गिर पड़ा।

अलंकार ने रिवाल्वर उठाकर फिर उस पर तान दिया। अब वह उठ नहीं पा रहा था।

क्योंकि उसे सिर पर चोट अधिक लग गयी थी अलंकार के घूँसे से। "चल उठ!" अलंकार उसे कॉलर पकड़कर उठाने लगा। थोड़ी देर बाद जब जैकाल उठा और लड़खड़ाता हुआ धीरे-धीरे रास्ता बताने लगा।

जैकाल को खींचता हुआ इंस्पेक्टर पुलिस चौकी पहुँचा।

ले जाकर उसे लॉकप में बन्द कर दिया।

फिर वह तुरन्त मेडिकल हॉल गया, जहाँ पर उसकी बुलट गाड़ी खड़ी थी। मेडिकल हॉल खाली था। उसने बहुत कोशिश की कि वह वैज्ञानिक तकनीक का डिवाइडर खोल सके और गुफा में प्रवेश कर सके। लेकिन फर्श की एक ही शक्ल होने के कारण वह ज्वॉइण्ट टूट न सका। और कोई भी व्यक्ति उस जगह

पर नहीं दिख रहा था, न ही वहाँ पर कोई दवा ही शेष थी। गायब थे उस जगह से सभी। अलंकार हैरान था।

गाड़ी लेकर अलंकार अल्पना के कमरे में गया। वहाँ अल्पना नहीं थी। एक पत्र पास में टेबल पर रखा था। घर एकदम खुला था। कोई नहीं था वहाँ पर। अलंकार ने पत्र पढ़ा। पढ़कर उसे हैरानी हुई कि उसका अपहरण कर लिया गया था। तुरन्त ही उसने पत्र का दूसरा हिस्सा पढ़ा। उस पर लिखा था कि यदि तुम अल्पना को जीवित पाना चाहते हो तो जैकाल को छोड़ दो। शायद यह उसके लिए धमकी का पत्र था। सहसा अलंकार सहम गया वह पत्र पढ़कर।

अलंकार का दिमाग बिलकुल भी काम नहीं कर रहा था कि किसने अल्पना को किडनैप किया होगा। फिर भी इसमें जैकाल के ही आदमियों का ही हाथ हो सकता था।

“बोल, जैकाल। अल्पना को किसने किडनैप किया है?” वह जैकाल को घूरता हुआ बोला।

“हमें नहीं मालूम, इंस्पेक्टर।” वह गिड़गिड़ाता हुआ बोला।

“बोल दे वरना मैं तेरी जान ले लूँगा, अलंकार क्रोधावेश में आकर उस पर टूट पड़ा।

इतने में एस०पी० कपिल वहाँ आये।

“इंस्पेक्टर बृजभूषण, तुम यह क्या कर रहे हो?”

“वही कर रहा हूँ सर जो मुझे पहले करना चाहिए था।”

“क्यों? इसका जुर्म क्या है?”

“एस०पी० साहब, इतना बड़ा गैंग होल्डर ये कमीना, क्या कुछ नहीं करता है। बाहर से मेडिकल हॉल और अन्दर से इतनी बड़ी गुफानुमा जहर बनाने की फैक्ट्री। एस०पी० साहब, यह देश के लिए बहुत खतरनाक व्यक्ति है।

ये ब्राउन शुगर, हेरोइन, अफीम किन-किन चीजों का काला धन्धा नहीं करता है। यहाँ तक नकली दवाई बनाने का एक बड़े पैमाने पर कारोबार चला रहा है।” इंस्पेक्टर अलंकार सब कुछ एस०पी० कपिल को बताता रहा, किन्तु एस०पी० के लिए ये कोई विशेष बात नहीं थी। वह हँस रहे थे।

''अच्छा, ठीक है। मैं इसको देख लूँगा।'' वह बोले।

माइकल जैकाल अब भी अलंकार की हिरासत में था।

इंस्पेक्टर बृजभूषण ने हर तरफ पुलिस कांस्टेबल और होमगार्ड्स ड्यूटी पर तैनात कर दिये थे अल्पना की तलाश में। शहर के कोने-कोने पर नाके बन्दी थी, अल्पना की तलाश हेतु।

अल्पना को खोज निकालने में अलंकार कुछ भी करने को तैयार था। अचानक एक कान्सटेबल, इंस्पेक्टर बृजभूषण के समीप आया और बोला, ''साहब, आपकी मेज पर यह डायरी रखी थी, क्या आपकी है?''

''हाँ, लाओ।'' वो डायरी को हाथ में लेकर उसे पढ़ने लगा जिस पर हवेली तक पहुँचने का पूरा नक्शा बना हुआ था। डायरी लेकर सीधे अलंकार हवेली पहुँचा।

हवेली के बाहर अल्पना पड़ी थी। शीघ्र ही अलंकार ने अल्पना को उठाकर और ढंग से लिटा कर, तुरन्त ही पुलिस स्टेशन पर फोन किया कि किसी भी कीमत पर जैकाल को रिहा नहीं किया जायेगा, आई०जी० साहब का ही फोन क्यों न हो। यह अलंकार का सख्त आदेश था। जैसा भी होगा मैं आई०जी० साहब से निपट लूँगा।

* * *

''इंस्पेक्टर साहब, ये ड्रग्स लेती है। इसको बचाना बड़ा कठिन हो जायेगा यदि इसने अपनी यह आदत छोड़ी नहीं।'' डॉक्टर गम्भीर होकर बोले। ''लेकिन इसे होश कैसे आयेगा, डॉक्टर धीरज?'' इंस्पेक्टर भूषण ने पूछा।

''मैंने एण्टी ड्रग्स इंजेक्शन लगा दिया है, अभी यह होश में आ जायेगी। अच्छा मैं जा रहा हूँ। जब आवश्यकता हो मुझे बुला लीजिएगा।'' इतना कहकर डॉ० धीरज चले गये जो कि अल्पना को देखने आये थे।

अभी अल्पना को होश नहीं आया था और उसे हवेली भी जाना था। अलंकार का मस्तिष्क फटा जा रहा था।

रात के ग्यारह बज गये थे। अल्पना को थोड़ा होश आने लगा था। इंस्पेक्टर बृजभूषण एक कुर्सी पर बैठा सिगरेट का कश ले रहा था। उलझनवश उसे कुछ भी समझ में नहीं आ रहा था। हवेली का रहस्य और जैकाल का दवाओं

का जहरीला जानलेवा कारोबार। यह सब कुछ अलंकार के लिए एक चुनौती के रूप में सामने था। क्योंकि अलंकार एक इंस्पेक्टर भी था।

अलंकार को रह-रहकर इस असहनीय दर्द का एहसास हो रहा था कि देशद्रोही लोग देश को दीमक की तरह चाट डालने पर तुले हैं और उनका कुछ नहीं हो रहा है। यहाँ तक कि पुलिस के ऊँचे अधिकारी रिश्वत लेकर इन कमीनों को शरण दे रहे हैं।

इतने में ही अल्पना करवट लेती हुई आहिस्तापूर्वक उठ बैठी।

"अरे अलंकार जी, आप?"

"तुम ठीक तो हो, अल्पना?" अलंकार ने क्रोधवश पूछा।

"अल्पना, तुम कितनी गिरी हुई लड़की हो। तुमको शर्म नहीं आती है कि तुम एक अध्यापिका हो।" अलंकार अल्पना को घूरता हुआ बोला।

"क्या हो गया आखिर?" अल्पना ने अलंकार की ओर ध्यान से देखते हुए कराहते हुए कहा।

"अलंकार जी, मैं आपसे प्यार करती हूँ।" उसने अलंकार को प्रेमपूर्ण ढंग से देखते हुए कहा।

"मत कहो आगे कुछ।" अलंकार की वाणी में कड़वाहट थी। "मुझे इस लफ्ज से नफरत-सी हो रही है। तुम प्यार करने के काबिल लड़की हो ही नहीं।" वह क्रोध में बोला। "तुम ड्रग्स लेती हो।"

"ड्रग्स? अरे, आप यह क्या कह रहे हैं?" वह चौंकती हुई बोली।

"चौंको मत, अल्पना। अलंकार ने तीखे स्वर में कहा।

"मेरे सवाल का जवाब दो वरना अभी ले चलता हूँ, पुलिस स्टेशन।" वह तेज स्वर में बोला। "पुलिस स्टेशन? लेकिन क्यों अलंकार? मेरा दोष क्या है?"

वह घबराहटवश काँपती हुई बोली।

"अलंकार जी नहीं, पुलिस इंस्पेक्टर कहो।" अलंकार गरज कर बोला। वह चुप रही।

और कुछ सोचती हुई बोली- ''ठीक है। आप पुलिस स्टेशन ले चलिए।''
अलंकार ने नफरतपूर्ण शैली में कहा - ''मुझे लगता है तुम्हारा किडनैप नहीं हुआ
था बल्कि तुम जैकाल के इशारे पर काम करती हो और वह पत्र जो तुम्हारे कमरे
में पाया गया, वह एक गन्दी साजिश थी तुम्हारी या जैकाल के किसी कुत्ते की।
लेकिन यह इंस्पेक्टर अलंकार की दुश्मनी, दोस्ती से ज्यादा मँहगी पड़ेगी तुम्हें,
अल्पना, यदि तुम दोषी निकली।''

इंस्पेक्टर अलंकार ने चीखते हुए कहा, ''मुझे मालूम था कि तुम्हारा कोई
हाथ इस आपराधिक गिरोह से जरूर होगा।

मुझे उसी दिन तुम्हारे कमरे का कीमती हुलिया देखकर शक हो गया था।
जब मैंने वह कैप्सूल देखा था तब तो मेरा दिमाग चक्कर खाकर ही रह गया था,
कि तुम निश्चित रूप से जैकाल गिरोह से मिली हुई हो। परन्तु मैं सच्चाई जानने
हेतु खामोश रहा।

क्योंकि एक शाम तुम्हारे घर से मैंने जैकाल को बाहर आते भी देखा था,
किन्तु मैंने उस राज को खोलना समय से पूर्व उचित न समझा।''

अलंकार ने अल्पना को हिरासत में लेकर उसे लॉकप में बन्द कर दिया।
अब वह जैकाल के पास गया।

''बोल, जैकाल। यह धन्धा तू कब से कर रहा है और तेरा किस-किस
मुल्क से ताल्लुक है।'' अलंकार जैकाल की गरदन में बेंत घुसेड़ता हुआ बोला।

''मुझे कुछ नहीं मालूम, इंस्पेक्टर।'' जैकाल चीखता हुआ बोला।

''तुझे कुछ नहीं मालूम।'' वह हँस पड़ा।

''वाकई तू बहुत भोला है।''

एक तेज बेंत उसकी गरदन पर जमाता हुआ अलंकार गरजा और पुनः
बोला।

''बोल, तुझे कौन मुल्क मदद दे रहा है? तेरे सिर पर किन-किन लोगों का
हाथ है?''

''मुझे कोई मुल्क मदद नहीं दे रहा है और न ही मेरा कोई बॉस ही है।'' वह
गिड़गिड़ाता हुआ बोला।

''जैकाल, कुबूल कर ले जुर्म वरना तेरे जिस्म को तोड़कर रख दूँगा और एक-एक हड्डी कुत्तों में मीट के टुकड़ों की तरह बँटवा दूँगा।'' अलंकार उसकी गरदन को अपने दोनों हाथों से जकड़ता हुआ बोला।

अलंकार वहाँ से चला आया। डायरी उठायी और नक्शा देखा। उसने नक्शा बहुत ध्यान से देखा। नक्शा कुछ उसके समझ में नहीं आ रहा था कि उसमें किस प्रारम्भिक बिन्दु से चला जाये जिससे उस अड्डे तक वह पहुँच सके। जिससे वह सफलता के बिन्दु तक पहुँच सके।

वह ऑफिस में बैठा देर तक नक्शा देखता रहा। लेंस से देखने पर भी कुछ लाइन बहुत धुँधली थी। एक बार अलंकार को कुछ आशा-सी बँधी कि वह उस कमरे को भी पा जायेगा जिसमें हवेली का रहस्य समाहित है।

डायरी लेकर वह फिर जैकाल के पास गया और बोला- ''जैकाल, तेरा हवेली से क्या वास्ता है?''

''मेरा किसी हवेली से कोई वास्ता नहीं हैं।'' वह बोला।

अलंकार के क्रोध की सीमा टूटती जा रही थी। उसने जैकाल को मारते-मारते बेदम कर दिया। अन्त में वह पानी माँगने लगा- ''इंस्पेक्टर, मुझे पानी पिलाओ।'' उसे पानी जैसे ही दिया गया, वह बेहोश होकर गिर गया।

अलंकार हैरान होकर अल्पना के पास गया।

''अल्पना, तू बोल। तुझे क्या मालूम है?''

''मुझे कुछ नहीं मालूम है, इंस्पेक्टर।'' वह बोली, ''अल्पना, तेरी आवाज इधर कुछ दिनों से बदली-बदली क्यों है? तुम्हारे अन्दर अप्रत्याशित बदलाव क्यों है?''

''इन बातों से आपका क्या मतलब?'' वह गरजती हुई बोली।

''कुबूल दो, अल्पना। तुम्हारा किस-किस मुल्कों से कौन-कौन लोगों से सम्बन्ध है?

ये नकली दवाइयाँ कहाँ भेजी जाती हैं? कौन ऐसा देश है जो इन दवाइयों को खरीदता है और इस गन्दे व्यापार को शह दे रहा है।''

''इंस्पेक्टर, बेकार की बातें मत करो। मैं एक शरीफ और इज़्ज़तदार

लड़की हूँ और सरकारी स्कूल में अध्यापिका के पद पर नियुक्त भी हूँ।

इंस्पेक्टर आपको मुझ पर इल्जाम लगाते हुए शर्म नहीं आती है।''

वह तेज लहजे में बोली।

इंस्पेक्टर अलंकार तंग आ गया था इन अपराधियों से।

अलंकार नक्शे द्वारा हवेली में पहुँचा।

किन्तु नक्शे के अनुसार जा करके वह हवेली में रास्ता ढूँढ़ नहीं पा रहा था। वह नक्शे के अनुसार तो गुमराह हो रहा था।

शायद नक्शा जाली रहा होगा।

अचानक एक अजीब-सी आवाज आयी- ''अरे मूर्ख इंस्पेक्टर, ये डायरी नकली है, असली डायरी तो मेरे पास है।

लेकिन एक दिक्कत है मेरे सामने कि वह नम्बर मुझे नहीं मालूम है, जो तुझे मालूम है, वरना वह हीरे-जवाहरात से भरा कमरा खोल लूँ, और सारा का सारा सामान हड़प लूँ।''

ये ध्वनि अज्ञात थी। उसका वार्तालाप एक प्रेत आत्मा के साथ हो रहा था। क्योंकि अलंकार हवेली के भीतर था।

झल्लाकर अलंकार ने कहा- ''आखिर तुम हो कौन?''

अज्ञात ध्वनि आयी- ''मूर्ख, तुझे मालूम नहीं है। मैं प्रेत आत्मा हूँ और हवेली का सारा रहस्य मेरे कोख में पल रहा है।''

अलंकार भयभीत हो गया।

वह आश्चर्यचकित होकर उस प्रेत से बोला,

''तुम्हे वह नम्बर नहीं मालूम है?''

''हाँ, यदि तुम वह नम्बर मुझको बता दो तो मैं इस खजाने से आधा हिस्सा तुम्हें दे दूँगा।''

ये कहकर वह ठहाका मारकर हँसने लगा। हवेली उसके ठहाकों से गूँज उठी। वह कुछ सोचता हुआ बोला, ''ऐ प्रेत आत्मा, तुम मुझको मूर्ख क्यों बना

रही हो ?

क्या तुमने उस चौकीदार से वह नम्बर नहीं जाना था ?''

''सच, इंस्पेक्टर। पूरे खेल में मैं यहीं पर मात खा गया। यही मेरी सबसे बड़ी भूल रही।

मैंने जब-जब उस चौकीदार से पूछा, वह टाल गया और बोला, ''अरे प्रेत आत्मा, मैं तो मामूली-सा चौकीदार हूँ। मुझे इन सब बातों का क्या ज्ञान हो सकता है भला।''

वह गिड़गिड़ाकर कहा करता था, ''किसी तरीके से मेरा जीवन ही कट रहा है। मुझे हवेली में पड़े रहने दो क्योंकि मेरी यादें जुड़ी हैं यहाँ से।''

उसकी इन्हीं बातों पर मैं विश्वास कर लेता था और सच में इंस्पेक्टर, मैं उसको समझ नहीं सका। क्योंकि वास्तविकता यह भी है कि उस पर मुझे अधिक शक भी नहीं था।''

अलंकार ने उत्सुकतावश पूछा, ''क्या वह चौकीदार तुझसे डरता नहीं था। तू तो प्रेत आत्मा है और एक आत्मा को धन-दौलत का लालच क्यों ?'' वह प्रेत आत्मा जोरों से हँस पड़ी।

वातावरण उसकी हँसी से एक बार पुनः गूँज उठा।

कुछ क्षण पश्चात फिर प्रेत आत्मा बोली- ''यह सब रहस्य की बातें हैं और फिर मैं उस चौकीदार के साथ कोई बुरा व्यवहार नहीं करता था।''

पुलिस इंस्पेक्टर अलंकार ने कुछ सोचते हुए प्रेत आत्मा से पूछा, ''उस दिन जब वह चौकीदार मुझे नम्बर बता रहा था तो क्या तुमने सुना नहीं था ?''

आत्मा एक लम्बी साँस लेती हुई बोली- ''हाँ, सुना तो था लेकिन अधूरा नम्बर।''

''कितना नम्बर सुना था तुमने ?'' इंस्पेक्टर अलंकार ने पूछा।

प्रेत आत्मा बोली, ''केवल 084 तक और यह नम्बर उस ताला को खोलने के लिए अधूरा पाया है।'' वह आत्मा निराश होकर एक बार फिर वह आवाज वातावरण में लीन हो गयी।

कुछ क्षण के बाद वह आत्मा पुनः बोली- ''इंस्पेक्टर, यदि पूरा नम्बर तुम बता दो तो मैं वायदा करता हूँ कि हिस्सा तुम्हें तुम्हारा जरूर मिलेगा।''

उसकी बातों से अलंकार को क्रोध आ रहा था। क्योंकि वह हवेली का रहस्य दौलत के लिए नहीं, जेवरात के लिए नहीं बल्कि हवेली के वास्तविक रहस्य के लिए पता लगाना चाह रहा था।

इंस्पेक्टर उस आत्मा से चीखता हुआ बोला- ''देखो! यह ठीक है कि नक्शा तुम्हारे पास है, रास्ता तुमको मालूम है और नम्बर मेरे पास है लेकिन याद रहे, मेरा तुम्हारा सौदा कभी तय नहीं हो पायेगा। मैं इंसानों के साथ सम्बन्ध रखता हूँ, शैतानों व आत्माओं के साथ नहीं।

मैं अपने प्रयासों से इस हवेली के रहस्य को खोलकर एक दिन सारी दुनिया के आगे रख दूँगा। उस दिन तुम इस हवेली के अन्दर किसी की मौत के दिये जलाना।''

अलंकार को कुछ समझ में नहीं आ रहा था कि ये प्रेत है जो इंसानों की तरह बात करता है और जबकि इसके पास शरीर ही नहीं है तो ये धन दौलत लेकर क्या करेगा?

अचानक उसके दिमाग के अन्दर एक विचार कौंधा। ये एक बहुत बड़ा रहस्य है और ये किसी तांत्रिक के दिमाग की भी उपज हो सकती है।

और वह तांत्रिक जरूर किसी भयानक गैंग के कहने पर काम कर रहा है। ये विचार उसके दिमाग में तीर की तरह घुसते चले जा रहे थे।

अगले क्षण अलंकार ने कहा- ''रे आत्मा, तुम बाहर आओ। मैं तुमसे बात करूँगा।'' नहीं, मैं बाहर नहीं आ सकता। वह बोली।

''लेकिन प्रेतजी, एक बात मेरी समझ में नहीं आयी कि तुम मुझ पर गोली क्यों नहीं चला रहे हो?'' अलंकार ने उत्सुकतावश पूछा। ''यह भी एक रहस्य है। नवयुवक, पता लगाओ इसका भी।''

और वह हँस पड़ा।

हँसता-हँसता मानो वह अपनी आवाज के साथ ही लुप्त हो गया हो।

इस बार फिर इंस्पेक्टर अलंकार के हाथ निराशा ही लगी।

वह शीघ्र ही हवेली से घर वापस लौटा।

घर पर आकर उसे एक रजिस्ट्री मिली। रजिस्ट्री खोलकर जब उसने पढ़ा कि तुम्हारे खोये पिता रामकिशन का पत्र आया था, लेकिन पत्र पर कुछ पता ठिकाना नहीं लिखा है।

हाँ, एक खुशी की बात अवश्य है कि वह शीघ्र ही वापस लौटेंगे करोड़पति होकर।

अलंकार पत्र पढ़कर हँस पड़ा।

‘‘मेरे पिताजी भी बड़े लोभी इंसान थे।

पैसे कमाने के लिये बम्बई गये थे।’’

पत्र को रखकर वह सीधा पुलिस स्टेशन पहुँचा।

जैकाल ने आखिर अमर मेडिकल स्टोर से हवेली तक का पता पुलिस के समक्ष बता ही दिया था।

जैकाल का सारा गैंग पकड़ा गया था।

अल्पना जैकाल गैंग की एक सक्रिय सदस्या थी।

पूरा गैंग पकड़ा गया था। जैकाल और अल्पना तो अभी तक पुलिस की कड़ी हिरासत में थे।

आठ मार्च को उनकी पेशी निर्धारित हुई थी। दवाई और ड्रग्स का कारोबार पुलिस कस्टडी में था।

अलंकार एक लड़ाई तो जीत गया था।

किन्तु हवेली का असली रहस्य अभी शेष था। वास्तविक रहस्य तो रहस्य ही था।

‘‘जैकाल, अभी तो तेरी पेशी में दस दिन है।’’

वह जेल में था। अल्पना भी जेल की हवा का आनन्द ले रही थी।

‘‘जैकाल, यह बता कि हवेली के उस हिस्से का कहाँ से रास्ता है जहाँ पर राजा उदयभान के जेवरात आदि रखे हैं?’’

अलंकार ने जेल में ही आहिस्तापूर्वक पूछा।

''साहब, मुझे उसका कुछ हाल नहीं मालूम।'' उसने सरल-सा जवाब दिया।

''अच्छा, एक बात और बता कि किसी गैर मुल्क का कोई हाथ है क्या तेरे इस कारोबार में?''

''नहीं, साहब।''

''ठीक है।'' अलंकार फुसलाता हुआ बोला।

अब अलंकार अल्पना के पास गया। ''अल्पना, देखो, तुम जेल में हो। मैं चाहूँ तो तुम वापस जेल के बाहर आ सकती हो।''

''जी हाँ, आप क्या जानना चाहते हैं? आप पूछिए। मैं आपकी मदद करूँगी।''

''राजा उदयभान सिंह के कमरे का रास्ता कहाँ से है?''

अलंकार ने प्रेमपूर्ण ढंग से पूछा ताकि वह सरलता से सब कुछ बता दें।

''देखिए, अलंकार जी। जहाँ तक मेरी जानकारी है उसके अनुसार हम लोगों का सिर्फ हवेली के पिछले भाग में ड्रग्स का कारोबार हो रहा था।

मैंने सुना तो था कि इसमें राजा का एक कमरा है और उसमें हीरे-जवाहरात हैं। लेकिन इसको एक प्रेत आत्मा ने कब्जे में कर रखा है। डर की वजह से कोई भी आसानी से इसके लिए प्रयास नहीं कर रहा था। हाँ, जैकाल कुछ सोच रहा था। किन्तु कमरे का ताला इतना मजबूत था कि उसको तोड़ना कोई सरल काम नहीं था और फिर कमरे तक पहुँचने के लिए नक्शा-चाभी-नम्बर तीनों की जरूरत थी। इन तीनों की तलाश करने में जैकाल साहब विफल हो चुके थे। साथ ही साथ जैकाल को प्रेतों से बहुत डर भी लगता था। इसलिए हवेली में जैकाल का हाथ नहीं है।''

''ठीक है, अल्पना।'' अलंकार बोला।

''तुम आराम करो।''

इतना कहकर अलंकार वहाँ से चला आया।

अधिक जानकारी हेतु अलंकार जैकाल से मिलने जेल पहुँचा।

जैकाल का भी हवेली के विषय में वही कहना था। उस आत्मा से वह भी खुद डरा हुआ था जैसा कि अल्पना ने अलंकार को बताया था।

जैकाल गिरोह को पकड़ने के लिए इंस्पेक्टर बृजभूषण का प्रमोशन कर दिया गया था। अब वह एस0पी0 अलंकार था।

सच में अलंकार बहुत खुश था।

समस्त पुलिस प्रशासन अलंकार के इस साहसिक कार्य के लिए उससे बहुत खुश था। अभी अलंकार का सफर अधूरा था।

हवेली का रहस्य तो जहाँ का तहाँ था। यद्यपि दवाई और ड्रग्स के खतरनाक गिरोह होल्डर तो पकड़ गये थे। वह इसलिए भी और अधिक खुश था कि कोई बाहरी मुल्क भी उसमें शामिल न था क्योंकि बार-बार उसका दिमाग पाकिस्तान की ओर जा रहा था।

वह वहाँ से घर आया।

* * *

अचानक एस0पी0 बृजभूषण के घर घण्टी बजी। अलंकार ने रिसीवर उठाया। आई0जी0 विपुल का फोन था।

''कांग्रेचुलेशन्स, अलंकार साहब। आप अब एस0पी0 हो गये हैं।''

''धन्यवाद, सर!''

''लेकिन एस0पी कपिल का सस्पेण्ड होना पुलिस विभाग की कितनी बड़ी बेइज्जती है। क्योंकि इसके पूर्व भी इसी मामलों में एस0पी0 कपिल सस्पेण्ड हो चुके थे।''

''यस सर! सच में यह पुलिस प्रशासन के लिए बड़े शर्म की बात है। लेकिन जिसने जैसा किया उसको वैसा ही फल मिला।

टिट फॉर टैट।'' अलंकार भावावेश में आकर बोला।

''अच्छा, मि0अलंकार। मैं फोन रख रहा हूँ।'' आई0जी0 विपुल ने

कहा।

''ओ०के० सर!'' इतना कहकर हँसते हुए अलंकार ने रिसीवर रख दिया।

अगले दिन फिर अलंकार सारे खेल जीतकर हवेली की ओर चल पड़ा।

आज उसके इरादे बुलन्द थे। आज वह कुछ अधिक ही स्वयं को सक्षम महसूस कर रहा था, क्योंकि आठ तारीख को पेश अभियुक्त सात-सात वर्ष की कठोर कारावास पा चुके थे। इसलिए अलंकार की खुशी का ठिकाना न था।

तत्पश्चात अलंकार हवेली में प्रविष्ट हुआ।

खुला रिवाल्वर अलंकार के हाथ में था।

''तुम फिर आ गये।'' प्रेत आत्मा ने कहा। अलंकार ने उस बनावटी प्रेत आत्मा पर गोली चला दी।

वह काले लिबास का प्रेत छटपटाता हुआ नीचे आ गिरा।

''हाय, राम! मैं मर गया।'' वह कराह उठा।

वह डुप्लीकेट प्रेत नीचे से ऊपर तक कपड़ों और लम्बी दाढ़ी से ढका हुआ था।

अलंकार उसे लेकर अपने घर आया।

वह बुरी तरह कराह रहा था।

जब उसने उसकी तलाशी ली तो एक लम्बी-सी पीतल की चाभी निकली।

वह बेहोश था।

अलंकार उससे पूछना चाह रहा था किन्तु उसे बिलकुल होश न था।

अलंकार उसके होश का इंतजार कर रहा था।

यह अलंकार की जीवन की एक और बड़ी विजय साबित होने वाली थी।

अभी उसका पूरा चेहरा स्पष्ट दिख न रहा था।

अचानक फोन की घण्टी आयी। क्योंकि हवेली में फोन भी लगा था। अलंकार ने जैसे ही रिसीवर उठाया।

"सर! अल्पना का जेल में हार्ट फेल हो जाने के कारण उसकी मौत हो गयी है।"

"अरे! यह क्या हुआ?" वह चौंकता हुआ बोला- अच्छा, "तुम लोग अल्पना की लाश को पोस्टमार्टम के लिए भेज दो।"

पल भर को उसे झटका लगा था क्योंकि अल्पना से उसे कुछ प्रेम तो हो ही गया था, लेकिन कर्तव्य उसके लिए पहले था। जिस वर्दी को वह पहने था उसको पहनकर सिर्फ कर्तव्य की ही पूजा होती है।

अलंकार ने वह चाभी अपने पास रख ली।

जैसे ही अलंकार उस बनावटी व्यक्ति की तलाशी लेने लगा। वह होश में आकर बोला-

"बेटा अलंकार!" वह चौंक पड़ा। इसका मतलब यह शैतान मेरा पिता है। "हाँ, मेरे लाल, मैं ही वह नीच हूँ। तुम्हारा पिता रामकिशन जिसको हवेली के राजा उदयभान सिंह के कीमती जेवरात को पाने की लालच सवार थी।

"पिताजी, आप।" अलंकार बिलख पड़ा। उसके अन्तर्मन में विवादों का घोर युद्ध छिड़ गया।

उसका मस्तिष्क फटा जा रहा था। वह खामोश सिर्फ सब कुछ सुनता रहा।

"जब मैं बम्बई में था तो एक पत्रिका में इस हवेली का इतिहास पढ़ा था। किसी लेखक ने इस हवेली के विषय में लिखा था।

तो मैंने योजना बनायी और यहाँ का रहस्य जानना चाहा क्योंकि तब तो यह हवेली वास्तव में भूत-प्रेम से बदनाम थी।

मैं कुछ तांत्रिक के पास भी रह चुका था, इसलिये प्रेत-आत्माओं पर मेरा वश भी था। आते ही राजा उदयभान की आत्मा को मंत्रों के द्वारा अपने वश में कर लिया था।

इस हवेली में मैं कई वर्षों से भटक रहा हूँ। मेरे पास नक्शा है, उस स्थान तक पहुँचने का जहाँ रानी साहिबा का जेवरात का कक्ष है। मेरे पास चाभी भी है, लेकिन नम्बर की तलाश में इतने वर्षों से परेशान हो रहा था। चौकीदार राजा के सामने था लेकिन मेरा दिमाग उस तक न पहुँच सका। और मैं तंत्र विद्या के

माध्यम से हर वक्त अपना रूप बदलते रहता था। आज पहली बार मैं मानव रूप में आया था क्योंकि एक स्त्री थी जिसके साथ मैं यौन सम्बन्ध करने जा रहा था। इतने में तेरी ही गोली ने मुझे जख्मी कर दिया।'' कहते-कहते वह कराह रहा था, क्योंकि गोली की वजह से उसे दर्द हो रहा था।

अलंकार पागलों की भाँति सब कुछ सुनता रहा। किंकर्तव्यविमूढ़-सा।

''पिताजी, आप कितने लोभी इंसान हैं?'' वह अन्तर्मन से रोता हुआ बोला।

आज अलंकार अपने पिता के कार्यों पर स्वतः शर्मिन्दा हो रहा था। ''जब-जब तू आता था बेटा, मैं पहचान लेता था किन्तु कुछ बोलना मेरे लिए उचित न था। वरना तू मेरा रहस्य खोलकर रख देता।'' वह कराहता हुआ दर्दवश आहिस्ता से बोला।

अलंकार, जब तुमको पहली बार पुलिस वर्दी में देखा था तो मेरा दिल खुशी से झूम उठा था। इसीलिए मैंने तेरा पिता होने के कारण तुझ पर कभी गोली नहीं चलायी। वह बोला- ''पिताजी, आप गोली चला देते तो ठीक ही था।

क्योंकि आज मुझे अपने पिता पर गोली तो न चलानी पड़ती।''

वह क्रोधवश बोला। इस वक्त अलंकार की आँखों के सामने गहरा सन्नाटा था। ''वह कौन लड़की है जिसके साथ आपने अपना बुरा इरादा बनाया था?''

अलंकार ने पूछा।

बेटा, वह वही लड़की थी जिसको तूने पहली रात हवेली में रोका था।

अलंकार चौंक गया और मन ही मन कुछ सोचने लगा।

''वह तो अल्पना थी।''

लेकिन अल्पना की तो मौत हो चुकी है? उसने सोचा। इस वक्त अलंकार बुरा-सा चेहरा बनाता हुआ मन ही मन बुदबुदाया।

वह पागल-सा कुछ न समझ सकने की स्थिति में आ गया था।

और हर पल रह-रहकर एस०पी० अलंकार यानी एस०पी० बृजभूषण को अपने पिता के कुकर्मों पर न रोक सकने वाला क्रोध आ रहा था।

वह सोच रहा था कि किस रक्त से पैदा हूँ मैं? कैसा नीच है मेरा बाप जो धन-दौलत के लिए प्रेत आत्मा का रूप रखकर लोगों की जान लेता रहा। यह तो एक शैतान से भी गिरा हुआ इंसान है। अलंकार पागल हुआ जा रहा था।

अन्ततः एस0पी0 अलंकार अपने क्रोधरूपी अग्नि पर नियन्त्रण न रख सका और पिस्तौल अपने पिता के सीने पर तान दी। उसके समक्ष तमाम-सी लाशें गूँजने लगीं जो उसने कंकाल के रूप में हवेली के आहाते में देखी थी।

उसने ट्रिगर पर उँगली रखी और पुश किया।

एक साथ कई फायर करता गया।

अलंकार ने अपने पिता का सीना गोलियों से छलनी कर दिया था।

अचानक तमाम पुलिसकर्मी आई0जी0 विपुल के साथ वहाँ पर थे। आश्चर्य का विषय यह था जो मरी थी वह जैकाल के द्वारा पेश की गयी नकली अल्पना थी जो हर तरह से उस अल्पना से मिलती थी।

यह जैकाल की रणनीति रही थी कि इस अल्पना द्वारा अलंकार के जज़्बात के साथ खेला जा सकता था और उसे कमजोर किया जा सकता था। वास्तविक अल्पना जिसका अपहरण कर जैकाल ने हवेली के एक कमरे में बन्द कर दिया था, वह तो प्रेत रामकिशन के हाथ लग चुकी थी। इसलिए अब तो जैकाल की पहुँच के परे हो चुकी थी, जिससे जैकाल की रणनीति कामयाब न हो सकी।

जब अलंकार को वह बनावटी अल्पना नशे में मिली तो उसे उस पर शक हुआ और शीघ्र ही सारा प्रेम नफरत में तब्दील हो गया।

किन्तु जब रामकिशन मानव रूप में आया अल्पना के साथ शारीरिक सम्बन्ध करने के लिए, तभी अलंकार की गोली का शिकार हो गया। यदि वह तंत्रजाल के आत्मा रूप में ही रहता तो शायद हवेली का रहस्य सरलता से खुल न पाता क्योंकि रामकिशन तंत्र विद्या से ही चमकदार प्रकाश पैदा कर लोगों की जान लिया करता था। इसी प्रकाश का शिकार चौकीदार भी हुआ था। इसी के साथ खेल का पूरा रुख पलटा।

इस वक्त नक्शा-चाभी-नम्बर सब कुछ अलंकार के पास था। अब उस रानी साहिबा के कक्ष तक पहुँचना पुलिस प्रशासन के लिए कठिन नहीं था। समूचा पुलिस प्रशासन अलंकार पर फक्र कर रहा था। आज एक एस0पी0 ने

कर्तव्य के लिए अपने पिता को भी बलिवेदी पर चढ़ा दिया था। अलंकार की आँखें नम थीं।

अल्पना भी मुसीबत के दलदल से बचकर बाहर बड़ी कठिनाई से आ पायी थी।

एक बार एस०पी० अलंकार अल्पना से मिलने उसके कमरे पर गया था और तब ही रास्ते में डुप्लीकेट अल्पना ने अलंकार को मार्ग से गुमराह कर दिया था। उस दिन वह कमरा तो अल्पना का ही था।

किन्तु इस समय कोई और अल्पना उस सजे-धजे कमरे की मालकिन थी।

यह जैकाल की भयानक साजिश थी कि अध्यापिका अल्पना जिससे अलंकार प्रेम करने लगा था, उसे शतरंज का मोहरा बनाकर इस्तेमाल किया। सब कुछ नाकाम सिद्ध हो चुका था, अलंकार के आदर्श के समक्ष।

क्योंकि अलंकार व्यक्ति से ज्यादा व्यक्ति के कर्मों को प्यार करता था और रिश्तों से अधिक अपनी वर्दी का ख्याल रखता था।

सरकार ने एस०पी० अलंकार को एक लाख रुपया एवं एस०एस०पी० के पद से सम्मानित किया। अलंकार के पिता यानी प्रेत आत्मा का दाह-संस्कार हो रहा था। हवेली के विषय में जो भयानक व डरावनी धारणाएँ थीं उनका कारण रामकिशन ही था तथा वह भटकती आत्मा भी रामकिशन का बनाया एक खतरनाक खौफ था। क्योंकि राजा उदयभान की आत्मा को वश में करके रामकिशन ने उस हवेली पर अपना जाल बिछा रखा था। महज अपने सपने को साकार करने के लिए जिसमें वह वर्षों से भटक रहा था।

अलंकार गम में डूबा अपने जीवन के पूर्व दिन स्मरण कर रहा था। अलंकार का सारा परिवार शोक में डूबा हुआ था। रामकिशन की करोड़ों की सम्पत्ति की तमन्ना अग्नि की भीषण लपटों में जलकर राख होने जा रही थी।

अगले दिन अल्पना और अलंकार दिल बहलाने के लिए निकल पड़े पहाड़ी स्टेशन की ओर, क्योंकि वे दोनों मिलकर एक हवेली के रहस्य का पर्दाफाश कर चुके थे। यहाँ पर आदर्श, कर्तव्य, प्रेम, सभी विजयी हो चुके थे।

2

मेरा इंसाफ

''नहीं, ऐसा मत करो। यह एक खतरनाक इंजेक्शन है।

इससे मैं मर जाऊँगा।''

''वाह, बादशाह खान! जब स्वयं पर पड़ी तो दर्द हो रहा है लेकिन क्या कभी तूने दूसरे के दर्द का एहसास किया? क्या कभी उनकी तड़प को समझने की कोशिश की है?

क्या कभी उन चीखों को सुना है जो उन घरों के आँगन से उठी हैं जिनको तूने हमेशा-हमेशा के लिए सूना कर दिया था।

चल, बादशाह खान। बाँह सामने कर, लगवा ले इंजेक्शन। देख कितना मजा आएगा तुझे?''

सुरजीत सिंह थोड़ा आगे बढ़ा। उसके हाथ में इंजेक्शन था। बादशाह खान घबरा रहा था। वह थोड़ा आगे बढ़ा लेकिन अचानक वीर सिंह के हाथ की गन ऊपर से गिरे फन्दे में फँस कर छत में पंखे की तरह लटक गयी।

आटोमेटिक स्विच से सब कुछ हुआ था, वीर सिंह घेर लिया गया था।

* * *

कमरा अस्त-व्यस्त था। निश्चित ही अलंकार किसी परेशानी में होगा वरना इस तरह से कमरा खाली छोड़कर जाने का क्या औचित्य था। राहुल खुले कमरे में दाखिल होते ही चौंक पड़ा।

अचानक राहुल ने अपनी नजर चौकन्ने होकर पूरे कमरे पर दौड़ायी। एकबारगी राहुल की आँखे रिवाल्वर का नंगा केस देखकर अच्छी तरह से समझ गयीं कि अवश्य अलंकार किसी भयानक गिरोह की तलाश में एकबारगी निकल पड़ा होगा।

सहसा गोली चलने की आवाज को सुनते ही राहुल के कान के पर्दे झनझना उठे और वह तेजी से दरवाजे के बाहर निकला। अलंकार बुलेट मोटरसाइकिल पर बैठा एक हाथ से हैंडल सँभाले हुए था और दूसरे हाथ से रिवाल्वर से गोली चला रहा था। इंस्पेक्टर अलंकार एक तेज भागती जीप का पीछा करते-करते एक बार फिर दिल्ली के आर0 के0 पुरम क्षेत्र से गुजरा। जीप का नं0 888 डी.एल.एक्स. था और उसमें करोड़ों की नकली दवाई का कच्चा माल भरा था। जीप कई थीं पर अलंकार इस नम्बर की जीप का पीछा कर रहा था। ड्राइवर एक खतरनाक बदमाश सुरजीत सिंह था। इस खूँखार बदमाश की पुलिस महकमे को सख्त दरकार थी।

राहुल ने शीघ्रतापूर्वक घर को बन्द किया और ताला लगाकर अपनी हीरो-हांडा मोटलसाइकिल स्टार्ट करके उसी जीप का पीछा करने लगा। राहुल की हीरो-हांडा दिल्ली की सपाट सड़क पर तीव्रतापूर्वक दौड़ रही थी।

अचानक राहुल एक सँकरे रास्ते पर उसी जीप के सामने आकर ठहर गया। जीप के बाहर सिर निकालता हुआ ड्राइवर बोला - ''सामने से हटो वरना गोली चला दूँगा।''

राहुल ने मामला स्पष्ट समझ लिया कि जरूर इंस्पेक्टर अलंकार इसी बदमाश का पीछा कर रहा होगा।

राहुल वैसे ही खड़ा उस बदमाश की अगली गतिविधि का इन्तजार करता रहा। अचानक उस बदमाश ने राहुल पर गोली चला दी। गोली राहुल का दायाँ कन्धा चीरती हुई अन्दर समा गयी। वह चीख पड़ा और उसी जगह पर हाथ पकड़ कर बैठ गया और उस बदमाश पर चीख कर बोला, अबे, कमीने। तू और नहीं बच पायेगा। तेरी गाड़ी का नम्बर मैंने देख लिया है, तेरा अब मैं पीछा नहीं

छोड़ूँगा।'' दर्द चरम पर था, राहुल स्वयं गाड़ी चलाने की स्थिति में नहीं था।

किन्तु सामने आती हुई मारुति वैन को राहुल ने आहिस्ता से हाथ दिया । वैन ठहर गयी ।

''अरे! क्या हुआ आपको?'' एक सभ्य युवती वैन से बाहर निकलती हुई बोली। ''मुझे बदमाश ने गोली चलाकर जख्मी कर दिया है। मुझे आर०के० पुरम के सेक्टर मोहम्मदपुर भेज दो वहीं किसी डॉक्टर से गोली निकलवा लूँगा। राहुल दर्द को बर्दाश्त करने वाले अन्दाज में बोला। ''अच्छा, ठीक है। मैं आपको छोड़ दूँगी।'' उस युवती ने राहुल को सहारा देते हुए अन्दर बैठाया। राहुल का निचला शरीर रक्त से सराबोर था क्योंकि जख्मी हिस्से से रक्त का प्रवाह हो रहा था। युवती ने राहुल को आत्मीयता से देखते हुए कहा- ''आपके जख्म से तो ब्लड बह रहा है।'' तुरन्त ही उसने अपने कन्धे पर लिपटे दुपट्टे को उतारा और फाड़ कर दिया। राहुल दर्दवश कराह उठा और नशे में झूमता हुआ बुरा-सा चेहरा बनाता हुआ सीट पर लुढ़क गया।

युवती ने वैन स्टार्ट की। इस वक्त वैन लोधी रोड पर थी । अचानक जब शोरगुल की आवाज राहुल के कानों तक पहुँची। राहुल की आँख खुली। वह एक खुबसूरत मुलायम बिस्तर पर लेटा हुआ था।

डॉक्टर गोली निकालने के लिए दवाई और पट्टी को ठीक कर रहा था।

* * *

''नहीं, इंस्पेक्टर साहब। मैं मालिक का नाम नहीं जानता हूँ।'' ''तू मालिक का नाम नहीं जानता है? सुरजीत सिंह, मैं तेरी हड्डी तोड़ कर रख दूँगा। इंस्पेक्टर अंलकार का गुस्सा कोतवाली की दीवार को हिलाकर रख देता है। तू तो कुछ भी नहीं है।''

अलंकार सुरजीत सिंह के सर के बाल को खींचता हुआ चीखा- ''कुबूल दे, तेरा कौन उस्ताद है, जिसकी शरण में पलकर तू यह जहरीला कारोबार कर रहा है?''

''इंस्पेक्टर साहब, मुझ पर रहम करो। मैं तो जीप ड्राइवर ही हूँ। जहाँ की लोडिंग मिली, माल पहुँचा देता हूँ। इतना सुनते ही इंस्पेक्टर अलंकार जोरों से हँस पड़ा और अपने सिर की कैप को सँभालता हुआ बोला- ''कमीने, देशद्रोही,

पालतू कुत्ते, तू बहुत भोला है। तेरा किसी खूँखार बदमाश बादशाह खान से तो कोई वास्ता नहीं है?''

''साहब, बादशाह खान? यह नाम तो मैंने कभी नहीं सुना है।'' सुरजीत मासूमियत के अंदाज में गिड़गिड़ाता हुआ बोला।

''तो सच तुझे बादशाह खान के बारे में कुछ नहीं मालूम। तो देख यह तस्वीर में कौन है यह?'' तस्वीर देखते ही सुरजीत सिंह घबरा गया किन्तु अपनी नर्वसनेस को छुपाता हुआ वह कह पड़ा, ''साहब, यह होगा कोई व्यक्ति, लेकिन मुझे इसके बारे में कुछ नहीं मालूम है।'' ठीक है, तू ऐसे नहीं कुबूल करेगा। तुझे करण्ट देकर ही रास्ते पर लाऊँगा।''

इतना कहकर वह कुछ सोचने लगा। दूसरे पल फोन की घण्टी बजी।

''साहब, एस0पी0 रावत का फोन है।''

इंस्पेक्टर अलंकार टेबल की ओर तेजी से दौड़ पड़ा। झटके से मेज पर टिकता हुआ उसने रिसीवर हाथ में लिया, फिर शीघ्र ही कान और मुँह के पास ले जाता हुआ सरल लहजे में बोला। ''हेलो सर! हियर अलंकार स्पीकिंग।''

उधर से आवाज आयी- ''हाँ, अलंकार। तुमने किसी सुरजीत सिंह जीप ड्राइवर को गलत गिरफ्तार किया है।''

''नहीं, सर। वह तो अपराधी है।''

''ठीक है, तुम उसे तुरन्त रिहा कर दो।''

''लेकिन सर!''

''लेकिन-वेकिन कुछ नहीं।''

''ओ0के0 सर।''

इंस्पेक्टर अलंकार गहरे कशमकश में पड़ गया इस घटना से। धीरे-धीरे कदमों से वह लॉकप के समीप पहुँचा और लॉकप से बाहर निकाल कर सुरजीत सिंह को रिहा कर दिया। अलंकार इस रिहाई से संतुष्ट नहीं था किन्तु एस0पी0 के आदेश का उसे पालन करना था।

सुरजीत सिंह के जाने के बाद काफी समय तक अलंकार का मस्तिष्क ढेर

सारी उलझनों में फँसा रहा। वह सुरजीत सिंह की पिटाई करके उस गैंग तक पहुँचना चाह रहा था जो नकली दवाई बनाने का एवं ड्रग्स का जानलेवा कारोबार कर रहा था जिसका जहर घुलता जा रहा था समाज के युवा वर्ग में, जिसका हश्र देखकर स्वयं इन समाजद्रोहियों को भय भी नहीं लगता था। यह सारी अलंकार के दिमाग में गूँजने वाली डरावनी ध्वनियाँ थी कि अचानक- ''इन्सपेक्टर साहब, बड़ा गजब हो गया। मेरा सर्वनाश हो गया। एक अधेड़ उम्र का व्यक्ति कोतवाली में दाखिल होता हुआ बोला।

''क्या हो गया?'' चालीस वर्ष के इन्सपेक्टर अलंकार अपनी कुर्सी से उठ बैठे।

''साहब, मेरा जवान लड़का मर गया है।'' और वह बिलख-2 कर रोने लगा।

इन्सपेक्टर अलंकार उस व्यक्ति को पुलिस गाड़ी में बैठाकर उसके घर पहुँचा।

रानी बाग की एक सँकरी रोड पर जीप खड़ी कर अलंकार उस अधेड़ अवस्था के व्यक्ति के घर प्रविष्ट हुआ।

घर के भीतर दाखिल होते ही अलंकार का मस्तिष्क किसी मन्दिर के असंख्य घण्टों के समान ठनकने लगा। सामने बीस-बाईस वर्ष का जवान मृतक पड़ा था। पड़ोस में खड़ा डॉक्टर स्पष्ट रिपोर्ट दे चुका था कि इसकी मौत ड्रग्स लेने से हुई है।

इंस्पेक्टर अलंकार बहुत देर तक इस भयानक हृदयविदारक दृश्य को अपलक देखता रहा और फिर उसने बाहर निकल कर जीप स्टार्ट की। जीप पूरी गति से दौड़ रही थी। अलंकार का दिमाग फटा-सा जा रहा था। उस युवा की मौत के असहनीय पीड़ा ने अलंकार को कुछ कर डालने के लिए पागल-सा कर दिया था।

जीप एस०पी० निर्भय रावत के बंगले के सामने थी। अलंकार ने कॉल-बेल का स्विच पुश किया। सामने बीस-पच्चीस वर्ष की युवती थी।

''आपको किससे मिलना है?''

''आपसे!'' वह हड़बड़ा कर बोला।

‘‘नहीं, एस0पी0 साहब से।’’

‘‘आइए, बैठ जाइए।’’

‘‘देखिये पापा जी, कोई आपके विभाग के इन्सपेक्टर साहब आए हैं।’’।

‘‘उनको बैठा दिया है, बेटी?’’

‘‘जी हाँ, पिताजी।’’

सिगरेट को मुँह में दबाए एस0पी0 रावत बड़े से ड्रॉइंगहाल में दाखिल हुए। ‘‘अच्छा... इंस्पेक्टर अलंकार, आप आये हैं।

कहो, क्या हाल है?’’

अलंकार ने खड़े होकर अदब से अपने एस0पी0 को सैल्यूट मारा, फिर खामोश होकर बैठ गया।

‘‘क्या बात है, अलंकार?’’

‘‘सर, आपके डिसीजन से समाज को नुकसान पहुँचा है। आज सुरजीत सिंह को छोड़कर आपने एक भयानक गिरोह तक मेरे पहुँचने का मार्ग बन्द कर दिया है।’’

‘‘क्या कह रहे हो, अलंकार तुम।’’ एस0पी0 ने तेज स्वर में कहा।

‘‘जो कुछ भी कह रहा हूँ मैं, सर वह मेरे हृदय से निकलने वाला वाक्य है जिसमें मेरी मेहनत, ईमानदारी, कर्तव्यनिष्ठा का अंश पिरोया हुआ है। आप मेरे साथ चलिए देखिए। उस नौजवान की दशा को, जिसने समाज के दरिन्दे लोगों के जाल में फँसकर जहर पीना शुरू कर दिया था, जिसका दोषी वह मृतक नहीं है बल्कि हम और आप हैं, समाज के महत्वपूर्ण पुलिस के खास लोग हैं। जब हम ऐसे खतरनाक गिरोह, बन्द मुलजिमों को छोड़ कर उन्हें पनाह बख्शते हैं तब उनका विश्वास और अधिक मजबूत हो जाता है और वे समाज के भोले-भाले नवयुवकों को डसते हैं- लेकिन हम कुछ नहीं कर सकते हैं।’’

‘‘अलंकार, तुम पागल हो रहे हो। स्वयं पर धीरज रखो वरना तुम्हारा दिमाग खराब हो जायेगा।’’

‘‘यस सर, समाज को करीब से देखूँगा तो वास्तव में पागल हो जाऊँगा।

आप सच कह रहे हैं, सर।''

''मि0अलंकार, आप जा सकते हैं।'' इतना कहकर एस0पी0 रावत कमरे से बाहर जाकर घर के भीतर दाखिल हो गये।

अलंकार निराश होकर वहाँ से चला आया किन्तु जीप चलाने में उसे असन्तुलन-सा महसूस हो रहा था। शाम होने के कारण जीप कोतवाली में खड़ी कर सीधा अलंकार अपने घर पर गया तो उसे होश आया कि वह जल्दी में कमरा तो खुला ही छोड़ गया था। किन्तु जब वह वहाँ पहुँचा तो ऐसा नहीं था। उसका कमरा बन्द था और उसी के ताले लगे थे। अलंकार पुलिस क्वार्टर में नहीं रहता था बल्कि अलग मकान ले रखा था। उसका दिमाग बौखला-सा गया कि आखिर ये सब कैसे हुआ? वह सोचने लगा।

किसी तरह से ताला तोड़ने वाला आया और ताला तोड़ा गया।

कमरे के अन्दर जाकर उसे राहुल का चश्मा दिखायी दिया किन्तु वह हैरान हो उठा कि राहुल यहाँ आया तो गया कहाँ। शंका से झनझना गया था उसका दिमाग, साथ ही साथ सारा जिस्म। वह बेचैन होकर फिर घर से बाहर निकला, मोटरसाइकिल उठायी, निकल पड़ा खोजने अपने अजीज दोस्त राहुल कुमार एडवोकेट को।

राहुल और अलंकार दो जिस्म और एक जान थे।

अलंकार रास्ता धीरे-धीरे तय कर रहा था किन्तु उसको मंजिल का अता-पता नहीं मालूम था। एकबारगी अलंकार ने झटके से ब्रेक्स लिये बुलेट गाड़ी चुरमुर-चुरमुर करती हुई ठहर गयी। सामने एक नवयुवक नशे की हालत में था।

''मैं दीनू हूँ।'' आवाज भर्रायी हुई थी। ''तूने शराब पी रखी है। क्यों बे नालायक।''

दीनू ने भागने की कोशिश की, किन्तु उसको झट से अलंकार ने पकड़ लिया और अपनी मोटरसाइकिल के पीछे बैठा लिया।

''कहाँ तेरा घर है?'' अलंकार की आवाज दिल को दहला देने वाली थी।

अचानक एक स्थान पर वह चीख कर बोला- ''साहब, यह आ गया मेरा घर।''

इतने में कुछ व्यक्ति पीछे से आकर उसको पकड़ने का प्रयास करने लगे। अलंकार चौकन्ना हो गया। इतने में किसी ने उसकी आँखों पर पट्टी बाँध दी। शाम का वक्त हो गया था। राह कुछ शान्त थी। रास्ता एकदम वीरान था।

किडनैप करके लोग अलंकार को एक गुप्त स्थान पर ले गये। रह-रह कर अलंकार उनके फन्दे से बाहर आना चाह रहा था। लेकिन दस-पन्द्रह लोग उसे पकड़े हुए और अपनी मजबूत गिरफ्त में लिये हुए थे। फिर भी अलंकार बौखला कर बोला- "तुम लोग मुझे कहाँ ले आये हो?"

""कमीने इंस्पेक्टर, तू वह मक्कार है जिसने अपनी वर्दी की बू में हम लोगों का कारोबार चौपट कर रखा है। साले पुलिस के दमाद, तेरे डर से हमारे आदमी बिल में छुपे बैठे हैं। कोई कुछ कर नहीं सकता क्योंकि इंस्पेक्टर अलंकार भगवान का अवतार है।"

गुप्त स्थान पर एक अनदेखे इंसान की जोशीली आवाज ने अलंकार के क्रोध को उबाल दिया।

अलंकार खौलता हुआ बोला- "तू आँख से पट्टी खोल, तेरी शक्ल तो देखूँ मैं।"

"ओए, तू मेरी शक्ल देखेगा तो तेरा दिमाग फट जायेगा। मैं एक खूनी दरिन्दा हूँ।"

इतने में किसी ने उस गैंग के आदेशानुसार उसकी पट्टी खोल दी। अलंकार ने जब अहिस्ता से आँख खोली तो उसको जो मंजर दिखायी दिया, उससे वह हैरान हो गया था।

एक विशालकाय गुफा में न जाने कितनी लड़कियाँ, लड़के नशे की हालत में सफेद रंग के पाउडर को छोटी-छोटी थैलियों में भर रहे थे। यह ब्राउन शुगर है। अलंकार का माथा ठनक गया, किन्तु जैसे ही वह रिवाल्वर के स्थान पर हाथ रखता है तो उसे याद आता है कि वह रिवाल्वर घर पर ही जल्दी में छोड़ आया था।

दीनू उस गैंग का एक कार्यकर्ता था। तुरन्त ही वह अपने काम में लग गया। वहाँ का वातावरण देखकर अलंकार के समूचे जिस्म में बिजली-सी दौड़ गयी। अलंकार का वश चलता तो वह उस समूचे कारोबार को माचिस लगा देता और

सब कुछ जल कर राख हो जाता। वह कारोबार अलंकार के क्रोध को धीरे-धीरे चरम सीमा पर पहुँचा रहा था। वह गैंग के हेड पर झपटा और उसका कॉलर पकड़ लिया फिर बोला- ''बोल, साले। मेरा राहुल कहाँ है?''

''कौन राहुल?'' वह अपना गिरेबान छुड़ाता हुआ बोला।

अचानक उसके सभी कारिन्दे बन्दूक तान कर सावधान हो गये। किन्तु गैंग हेड बादशाह खान ने गोली न चलाने का इशारा किया।

''रुक जाओ तुम लोग। गोली मत चलाओ। इस कमीने से तो मैं अकेले ही निबटने के लिए काफी हूँ।''

''तो आ जा, कमीने।'' अलंकार गरजा।

अचानक बादशाह खान का जोरदार तमाचा इन्सपेक्टर अलंकार के गाल पर पड़ा और वह छिटक कर दूर जा गिरा। इस तमाचे ने अलंकार के जिस्म को असंख्य बिजली के तार के झटके-सा झनझना दिया। उसका पुरुषत्व ललकार उठा उस अमानवीय बादशाह खान के दुष्कृत्य पर।

अलंकार अकेला ही जूझ रहा था। दूसरे के अड्डे का मनोवैज्ञानिक असर भी था अलंकार पर। फिर भी अलंकार ने एक ऊँची जम्प ली और अपनी कमर में कसा एक लोहे का स्प्रिंगनुमा तार निकाला। तार को तीव्रतापूर्वक नचाता रहा। बादशाह खान अलंकार के इस हथकण्डे से मुकाबला नहीं कर पा रहा था। जब-जब बादशाह खान तार को पकड़ना चाह रहा था तो वह इतना चिकना था कि हाथ से फिसल रहा था। अलंकार के लिए यह तार पिस्तौल से अधिक लाभदायक साबित हो रहा था। अचानक बड़ी प्रबलता के साथ जब बादशाह खान ने वह तार पकड़ लिया तो एक झटके के साथ अलंकार ने उसे मुँह के बल गिरा कर चित कर दिया। इतने में गैंग के सभी लोग उस पर टूट पड़े। अलंकार बड़ी चतुराई से सबसे निबटने लगा। अचानक किसी ने गोली चलायी और वह गोली बादशाह खान को ही लग गयी।

इसी बीच बादशाह खान को जख्मी पाकर अलंकार ने उसे अपनी गिरफ्त में ले लिया क्योंकि अलंकार के पास एक चाकू भी था। वह चाकू उसने गैंग हेड के गले पर रख दिया। सारा गैंग तितर-बितर हो गया और अलंकार, बादशाह खान को लेकर गुफा के दूसरे अँधेरे कमरे की ओर गया।

अचानक बादशाह खान ने झटके से अलंकार की गिरफ्त से स्वयं को मुक्त किया और दूर जाकर एक सपाट प्लेटनुमा हिस्से पर खड़ा हो गया। पल भर में पूरी गुफा एक अजीब नशीली गैस से भर गयी और धीरे-धीरे अलंकार नशे की चपेट में आ गया। और दिमाग में चक्कर महसूस करते-करते अलंकार झटका खाकर गिर गया।

बादशाह खान व पूरे गैंग को इस गैस से बचने का सारा ढंग ज्ञात था इसलिए उनको नशे का आभास तक न हो सका। क्रोधवश बादशाह खान ने आठ-दस गोलियाँ अलंकार पर एक साथ चला दीं और उसे बोरे में पैक करवा कर बोला, जाओ। सुरजीत सिंह, इसे किनारे लगा दो जाकर।

सुरजीत सिंह खुश होता हुआ बोला,, ''साहब, इसकी मौत का तो हम जश्न मनायेगें।''

''क्यों नहीं, सुरजीत सिंह। ये पुलिस इंस्पेक्टर तो हमारे धन्धे के लिए नासूर था। अब हम इतमीनान से ब्राउन शुगर बेच सकेंगे।''

बादशाह खान अपने जख्म की गोली को चाकू से निकालता हुआ चीख कर बोला- ''जाओ, सुरजीत सिंह। लाश को किसी खौफनाक जगह जानवरों के लिए छोड़ आओ।

* * *

पार्टी में चहल-पहल अत्यधिक थी।

बादशाह खान आज वास्तव में बादशाह से कम नहीं दिख रहा था। सफेद बुर्राक कुर्ता-पायजामा और उस पर इत्र छिड़के हुए वह सारी महफिल में एक अलग रौब बाला व्यक्ति दिख रहा था।

इस पार्टी में एस०पी० निर्भय रावत और समाज के नामी-गिरामी लोग शरीक थे।

अचानक बादशाह खान एस०पी० निर्भय रावत के समीप गये और उनके ग्लास में बियर उड़ेलते हुए बोले, ''वाकई, इंस्पेक्टर अलंकार का लापता होना बड़े आश्चर्य की बात है।''

''सच कह रहे हो, बादशाह खान।''

एस०पी० निर्भय रावत ने लम्बी साँस लेते हुए कहा।

आज तीन दिन हो रहे हैं। अलंकार का कुछ भी पता नहीं चल पा रहा है। पूरा पुलिस महकमा परेशान था।

किन्तु बादशाह खान की इस महफिल की हर खुशी अलंकार की मौत के लिए थी। सभी जश्न मनाने में लगे हुए थे। एस०पी० रावत समझ नहीं पा रहे थे कि यह भयानक साजिश इन्हीं दरिन्दों की है।

कुल मिलाकर इंस्पेक्टर अलंकार की मौत का जश्न बादशाह खान के खेमे में मनाया जा रहा था और एस० पी० रावत उस पार्टी का सही मतलब निकाल पाने में असमर्थ थे।

अचानक एक व्यक्ति हाँफता हुआ अन्दर दाखिल हुआ। वह बोला- "सरकार खान साहब, हमारे एक आदमी को सामान सहित पुलिस कांस्टेबल कोतवाली लेकर गये हैं।'' ''क्या कहा?'' और तेजी से हँस कर बोला- "देखिये एस०पी० साहब, अभी-अभी अलंकार लापता ही हो चुका है, फिर से यह कमीने पुलिस के लोग गलती पर गलती किये जा रहे हैं।''

इतने में बादशाह खान गरज कर बोला- ''अबे दीनू, खड़ा क्या कर रहा है। फोन उठा कर एस०पी० को दे वरना उस बेचारे की ढेरों मरम्मत करके रख देगें साले कुत्ते।'' ''यह लीजिए एस०पी० साहब फोन।''

एस०पी० ने फोन का रिसीवर हाथ में लिया और बोला- "हेलो, राजदीप।'' कुछ देर तक एस०पी० रावत उधर के वार्तालाप को सुनता रहा। फिर बोला- "अच्छा, ठीक है।

इनकी ब्राउन शुगर लेकर इन्हें लॉकप में बन्द कर दो।'' और एस०पी० रावत ने रिसीवर को क्रेडिल पर रख दिया।

''ये क्या किया, रावत साहब? मेरे आदमी को लॉकप में बन्द करा दिया है।''

''हाँ, और उसे जेल भी भेजने का आदेश दूँगा, बादशाह खान।'' एस०पी० तेज लहजे में बोला।

''जेल भिजवा दूँगा... साले कमीने, पालतू कुत्ते। तू मुझे चैलेंज दे रहा है। तू मेरी ताकत को भूल गया है। एस०पी० साहब, मैं तेरी जिन्दगी को तबाह करके

रख दूँगा। तू तो मेरे टुकड़े पर पलकर मेरी ही बगावत करने पर आमादा हो गया है।''

''तो मैं क्या करूँ, बादशाह खान?

मुझे कोई रास्ता समझ में नहीं आ रहा है। एक ओर ब्राउन शुगर के साथ हमारे कांस्टेबल्स ने मुजरिम को पकड़ा है, कैसे मैं उनको छोड़ देने का आदेश दे दूँ।

मेरे ऐसा करने पर पुलिस महकमा मुझ पर शक करने लगेगा और फिर तुम तो अपनी कहे जा रहे हो।''

बादशाह खान ने वक्त की नजाकत को समझा और हँस पड़ा- ''आओ, एस०पी० साहब। बहुत परेशान हो, कुछ एण्टरटेनमेण्ट ही हो जाये।

अरे, रूपा। यहाँ आओं, देखो।'' आज हमारे एस०पी० साहब बहुत परेशान हैं। इनका दिल खुश कर दो,

''नहीं बादशाह खान।'' एस०पी० रावत कुछ हिचकिचाए और फिर अधिक दबाव के कारण रूपा के संग एक खूबसूरत कमरे में तनहा दाखिल हुए।

एस०पी० और रूपा ही कमरे में थे। हल्का-हल्का प्रकाश था और फिर एस०पी० रावत चरित्रहीनता के लिबास पहन कर गन्दा खेल खेलने लगे।

कुछ क्षण पश्चात जब एस०पी० बाहर निकला तो वह पसीने से सराबोर था- ''कहो एस०पी० निर्भय रावत जी, कैसी थी यह पटाखा?''

''बस, एक दम तड़ाकेदार, मजा आ गया इस पटाखे को दगाने में।''

* * *

राहुल की माँ बेचैन हो रही थी। आज दूसरा दिन था, किन्तु राहुल का कोई पता नहीं चल रहा था।

विमला जो कि राहुल की माँ थी, सीधे अलंकार के घर पहुँची लेकिन उसका भी घर बन्द था। उसे पता चला कि इंस्पेक्टर अलंकार भी गुम है। उसे यह जानकारी अभी ही मिली थी क्योंकि वह तुरन्त शाहजहाँपुर से चली आ रही है।

राहुल की माँ शाहजहाँपुर अपनी बेटी प्रेमा के घर गयी थी। लेकिन ज्यों ही वह वापस लौटी, उसे अड़ोस-पड़ोस से जानकारी प्राप्त हुई कि राहुल अलंकार के पास गया था, वहीं से वापस नहीं लौटा।

राहुल माँ विमला ने काफी अर्जी मंत्री और चीफ मिनिस्टर तक भेजी। ऊपर से कोई हल निकल न सका।

* * *

अचानक ही विमला के घर करुणावती आयी। वह हैरान होकर बोली- ''विमला, तू तो डॉक्टर है। बता चलकर, मेरी बेटी बेहोश क्यों हो गयी है?''

''क्या कहा? तुम्हारी बेटी बेहोश हो गयी है? चलो, देख रही हूँ।''

''ये क्या, तुम्हारी बेटी ड्रग्स यूज करती है। इसका प्रॉपर ट्रीटमेन्ट करना पड़ेगा।

वाह रे, ड्रग्स!'' विमला चीख पड़ी।

लेकिन वह चीख उसके अन्तर में ही फैल सकी थी क्योंकि वह अन्तर्मन से ड्रग्स से पीड़ित थी। विमला की डिस्पेंसरी में हर सौ पेशण्ट में दस पेशण्ट अफीम, चरस, गांजा, ब्राउन शुगर, कोकीन आदि के तो हर कीमत पर मिलते है।

आज समाज में इसका विष गन्दी हवा की तरह फैलता जा रहा है किन्तु कोई नेता देश का परिणेता इस समस्या का हल निकाल नहीं पा रहा है। क्योंकि नेतागण स्वार्थवश अपने स्वार्थ सिद्ध करने में लिप्त हैं और फिर मानव कल्याण कौन करे।

विमला की विचार तन्द्रा टूटी। वह जाग-सी गयी और ममता को उठाया और फिर अपने साथ अपनी डिसपेंसरी पर ले जाने लगी।

सहसा रास्ते में एक व्यक्ति आया और बोला- ''तुम इस लड़की को कहाँ लिये जा रही हो?''

''तुम कौन हो?'' विमला तेज लहजे में उस अपरिचित व्यक्ति को घूरती हुई बोली।

''मेरा परिचय जानकर क्या करोगी? हाँ, मैं समझ रहा हूँ कि तुम ड्रग्स के

खिलाफ बड़े जोरों से अभियान चला रही हो लेकिन तुम कितनों को इस आदत से बचा सकोगी। यह वह लत है डाक्टर साहिबा, जो आप को लग जाये तो आपको भी आदी बना दे, तो आप भी ढूँढ़ोगी मुझे, कहोगी एक ही सिगरेट का कश लगाने को मिल जाये तो जीवन बच जाये।'' वह हँस पड़ा। वातावरण उसकी बेहूदी हँसी से भर उठा।

''इसका मतलब तू ड्रग्स का जहर फैलाने वाला दलाल है, कमीना है, तू समाज का दुश्मन है।''

''देखो, डॉक्टर साहिबा। इस लड़की का इलाज मत करो नहीं तो इस डिसपेंसरी पर इतने बम फेंके जायेगें कि इसकी धरती हमेशा-हमेशा के लिए सागर की गहराई में डूब जायेगी।''

''तू चला जा, कमीने। मुझे डिसपेंसरी जाने दे। ये मेरी बेटी है। हट जा।'' विमला आगे बढ़ने का विफल प्रयास करने लगी लेकिन सहसा वह व्यक्ति रिवाल्वर निकाल कर उसके सामने अडिग खड़ा हो गया। ''डॉक्टर साहिबा, मैं आपकी इज्जत कर रहा हूँ। तू इसे इसके हाल में छोड़ दे वरना कहीं मेरा इरादा जान लेने पर न तुल जाये।''

''तू जान ले ले मेरी लेकिन मैं अपनी बेटी ममता को डिसपेंसरी जरूर और हर कीमत पर ले जाऊँगी।'' वह हठ करती हुई बोली।

''तू अपनी बेटी का इलाज करेगी, डॉक्टर, तो ले मेरी गोली का शिकार बन।''

अचानक पीछे से किसी ने एक जोरदार रुल उस व्यक्ति के हाथ पर दे धमका जिससे रिवाल्वर उसके हाथ से सरककर नीचे गिर गया। वह पलटा किन्तु सामने एक खौफनाक मुद्रा में छः फुट लम्बा व्यक्ति किसी मजबूत इरादे को लेकर खड़ा था। फिर उसने मार का वह नजारा दिखलाना शुरू किया कि ड्रग्स के सौदागर दलाल साहब उसके पैरों में गिर पड़े।

वह व्यक्ति, जो कि वीर सिंह था, सरल लहजे में बोला, ''डॉक्टर जी, आप इसको डिसपेंसरी पर ले जाकर ट्रीटमेण्ट करिए, इसे मैं देख लूँगा।

''चल बे, साले कमीने।'' वीर सिंह उस दलाल को खींचता हुआ एक स्थान पर ले गया और उसे अपने प्राइवेट लॉकप में बन्द कर दिया। वैसे यह

व्यक्ति बहुत ही खतरनाक था। बड़ी-बड़ी लटकती दाढ़ी। कुल मिलाकर उसकी वेशभूषा ऐसे खतरनाक धन्धेबाजों को पकड़ने के लिए हर दृष्टिकोण से उचित थी। इसके पश्चात वह सीधे डॉक्टर साहिबा की डिसपेंसरी पर पहुँचा।

''आइए, श्रीमान जी।'' डॉक्टर साहिबा आत्मीयतापूर्वक बोलीं।

''क्या कुछ ठीक हो रही है बहन?''

''हाँ, मैंने एंटी ड्रग्स इंजेक्शन लगाया है। कुछ ही घण्टों में इसे होश आ जायेगा।'' विमला ने उस व्यक्ति को विश्वास बँधाते हुए बताया। ''आपका परिचय मुझे नहीं मालूम है। यदि उचित समझें भाई साहब, तो बतायें आपका समाज के ऐसे लोगों के प्रति क्या रोल है।''

''वाह! बड़ा बेहतरीन सवाल पूछा है आपने। मेरा ऐसे गिरे हुए समाज के कलंकित लोगों के प्रति बड़ा ही बुरा रोल है। मैं मुजरिम की तलाश किया करता हूँ और यदि मेरे हाथ कोई इस तरह का मुजरिम लग जाता है तो उसे ले जाकर स्वयं टॉर्चर करके रास्ते पर लाने का प्रयास करता हूँ।''

''आप स्वयं क्यों करते हैं इस तरह का कार्य। आपको तो पुलिस के हवाले कर देना चाहिए ऐसे आपराधिक व्यक्तियों को।''

''पुलिस, पुलिस हमारी क्या सहायता करेगी? पुलिस स्वयं की सहायता तो कर नहीं सकती है। हमारी क्या सहायता करेगी? वह दोबारा दोहरा कर अजीब-सा चेहरा बनाता हुआ बोला।''

''डॉ0 साहिबा, यदि हमारा पुलिस महकमा ही इतना कारगर होता तो शायद आज पाप की दुनिया में अत्याचार के पाँव इतने मजबूत न होते।

यदि पुलिसकर्मी अपनी वर्दी के लिए, अपने दायित्व के लिए लड़ रहे होते तो शायद ड्रग्स का जहरीला विषभरा पौधा दिन-ब-दिन बढ़ न रहा होता। यह घर-घर में विनाश का घण्टा न बजा रहा होता। इस विनाश को समाप्त करने के लिए शायद मेरा जन्म न हुआ होता।

अब आप ही बताइए। जब कोई ईमानदार पुलिसकर्मी नया होता है तब शायद बहुत कुछ कर डालने के लिए दृढ़ संकल्प होता है और अपने गर्म रक्त और जोश से कोई भयानक मुजरिम पकड़ता भी है, तो उसे सीनियर अधिकारी रिश्वत खाकर बड़ी सहजतापूर्वक रिहा कर देता है। तो ऐसा पुलिस महकमा हमारे

बेबस लोगों के जख्म का मरहम कभी नहीं बन सकता, कभी नहीं बन सकता।''
इतना कह कर वह गम्भीर होता गया और उसकी आँखें भर आयीं। इसके पश्चात
वह अपनी नम आँखों से बेबस पड़ी ममता को देखकर सीधे डिस्पेंसरी से बाहर
चला गया।

वह अपना रोल तो बता गया था किन्तु परिचय देना शायद उसे भी स्मरण
न रहा।

* * *

''बोल कमीने, तू किसके साथ काम कर रहा है?'' वीर सिंह गरज कर
बोला।

''मैं कहाँ किसके पास काम करता हूँ, इससे तुझे क्या लाभ? मैंने कोई
अपने बॉस का पर्दाफाश करने का ठेका ले रखा है क्या? वह व्यंग्यात्मक शैली
में बोला।

''अच्छा... तो तू सीधी तरह से नहीं बतायेगा। इसका मतलब है कि तुझे
करण्ट से टॉर्चर करना पड़ेगा।''

''देखो, मिस्टर। तुम एक गैरकानूनी काम कर रहे हो। यदि चाहो तो कुछ
रुपये ले लो, मुझे छोड़ दो।''

''क्या कहा, साले गैरकानूनी काम कर रहा हूँ। रुपया लेकर छोड़ दूँ,
बादशाह खान के कुत्ते।''

''बादशाह खान लेकिन तुम यह नाम कैसे जानते हो?'' वह व्यक्ति
आश्चर्यपूर्ण शैली में बोला।''

वीर सिंह ने उस कमीने को लॉकप से बाहर खींच लिया और फिर लात
घूँसों से उसका बुरादा बनाना शुरू कर दिया। जब घण्टों की मार के बाद वह
बेदम हो गया तब भी उसने अपने बॉस का नाम अपनी जुबान से नहीं निकाला।

''बोल, तेरा नाम क्या है? तेरा कारोबार कहाँ-कहाँ तक फैला हुआ है?
तुम्हारा सबसे बड़ा बॉस कौन है?'' तमाम सवाल वीर सिंह ने किये किन्तु वह
किसी पुतले की तरह खामोश सब सुनता रहा, कुछ न बोला वह। परेशान होकर
वीर सिंह ने उसे टॉर्चर चेयर पर बिठाया और बिजली के झटके देने शुरू किये।
वह जोर से चीख पड़ा।

"बचाओ, मुझे बचाओ। मैं कुछ नहीं जानता हूँ।" अब तुझे कोई नहीं बचा पायेगा। यह मेरा टॉर्चर रूम ऐसे स्थान पर बना है, जो हर ओर से सुरक्षित और गोपनीय स्थान है।"

"मुझे छोड़ दो। अब मैं कभी यह धन्धा नहीं करूँगा। मेरी जान बख्श दो।"

"गिड़गिड़ा मत, कुत्ते। तेरी जान मैं नहीं लूँगा। बस तेरी याददाश्त समाप्त करके मैं तुझे पाप करने लायक नहीं रखूँगा क्योंकि तुम्हारे अकेले याददाश्त गुम होने से सैकड़ों नवयुवकों की याददाश्त गुम होने से बच जायेगी।"

"नहीं, ऐसा मत करो।" वह चीख पड़ा।

"मैं ठीक यही करूँगा।" इतना कहते हुए वीर सिंह ने एक इलेक्ट्रिक इंस्ट्रूमेण्ट से मस्तिष्क पर झटका दिया और वह तुरन्त ही चीख कर खामोश हो गया।

यह इलेक्ट्रिक औजार दिमाग को झटका देकर उसकी नसों को निष्क्रिय कर देता है जिससे कमजोर नसों में रक्तचाप का अभाव हो जाता है और फिर सिकुड़ी नसें याददाश्त के योग्य नहीं रह जाती हैं।

उसे एक बोरे में पैक करके वीर सिंह ने रात के अँधेरे में बादशाह खान के अड्डे पर फिकवा दिया।

* * *

"अरे, यह बोरा कैसा है?"

बादशाह खान के एक गुण्डे ने उसे टटोलते हुए कहा। "लगता है कोई लाश है।" शीघ्र ही उसने उस बोरे को खोला।

"यह क्या, यह तो अपना शाबू है। इसको इस दशा में किसने पहुँचाया होगा?" गैंग के सभी लोग फटी-फटी भयभीत निगाहों से उसे निहारते हुए सोचने लगे।

बादशाह खान उसकी कलाई को टटोलता हुआ बोला- "यह अभी जीवित है।" थोड़ी ही देर में जब उस पर पानी की छींटें दी गयीं तो वह उठ बैठा और बौखलाया हुआ बोला- "मुझे मत मारो। मुझे कुछ नहीं मालूम। मुझे न मारो, मैं

कुछ नहीं जानता।''

"शाबू, तुझे किसने इस हालत में पहुँचाया है? कहीं तू कोई इस राज का पर्दा तो नहीं खोल कर आया है?'' "नहीं, मुझे मत मारो। मैं कुछ नहीं जानता।'' वह घबरायी हुई दशा में काँपता हुआ बकता जा रहा था।

"लगता है शाबू डर के कारण दिमागी तौर पर पागलपन की स्थिति में आ गया है।'' किसी एक व्यक्ति ने आहिस्ता से कहा।

"हाँ, ऐसा ही लग रहा है। ऐसा करो, सुरजीत सिंह। इसे गुप्त रूम में कैद करके रख दो और इसका इलाज कराना शुरु कर दो। इस पर कड़ी निगरानी भी रहेगी, कहीं यह जाकर कोई रहस्य ओपेन न कर बैठे।'' बादशाह खान ने अपने विश्वसनीय सदस्य से कहा।

* * *

इंस्पेक्टर अलंकार का गुम हो जाना पुलिस प्रशासन के लिए एक चिन्ता का विषय था। सुबह जब पुलिस कमिश्नर रोमेश प्रताप तलवार ने पेपर उठाया तो मुख्य पृष्ठ पर इंस्पेक्टर अलंकार का अचानक गायब होना बड़ी मोटी हेडिंग में छपा हुआ था- ''लापता इन्सपेक्टर अलंकार,'' शर्म के आगोश में पुलिस प्रशासन'' यह पढ़कर कमिश्नर के लिए सुबह का पहला झटका लगा था।

तुरन्त वे उठे और फोन पर पूरी दिल्ली पुलिस को चौबीस घण्टे के भीतर इन्सपेक्टर अलंकार और उनके मित्र एडवोकेट राहुल का पता लगाया जाये, ऐसा आदेश कर दिया।

पुलिस प्रशासन सकते में था कि अचानक इंस्पेक्टर अलंकार कहाँ चले गये। ये केस एस0पी0 रावत को विशेष तौर पर सौंपा गया कि ये चौबीस घण्टे के भीतर इंस्पेक्टर अलंकार व राहुल का पता लगायें।

एस0पी0 रावत विचार मग्न दशा में अपने बंगले पर थे कि अचानक बादशाह खान का फोन आया- ''क्या बात है, एस0पी0 साहब?''

"बादशाह खान, तुम इंस्पेक्टर अलंकार का पता बता सकते हो?'' एस0पी0 रावत की अवाज भर्रायी हुई थी।

"मुझे इंस्पेक्टर अलंकार के विषय में क्या मालूम? और फिर यह प्रश्न तुम मुझसे क्यों कर रहे हो?''

''क्योंकि मुझे तुम्हारे ऊपर शक है, बादशाह खान।'' एस०पी० रिसीवर पर ही गरज कर बोले।

''तू कमीनगी की बात कर रहा है, एस०पी०।'' बादशाह खान चीख पड़ा।

''मानता हूँ, बादशाह। मैं चरित्रहीन पुलिस अधिकारी हूँ, तेरे टुकड़ों पर बिका हूँ लेकिन यह तो मेरी नौकरी, मेरे बच्चों के जीवन का सवाल है। यदि चौबीस घण्टे के अन्दर इंस्पेक्टर अलंकार और राहुल का पता न चला तो बादशाह खान, मेरी नौकरी, हाँ मेरी नौकरी चली जायेगी।''

वाह! एस०पी० साहब, बस एक ही झटका बर्दाश्त नहीं कर पाये। खोजो, तलाश करो। वर्दी की इज्जत का सवाल है।'' व्यंग्य करता हुआ बादशाह खान बोला।

''देखो, बादशाह खान। अगर तुम रास्ते पर नहीं आओगे तो मैं तेरे गैंग को...''

''नहीं, कमीने। ये अल्फाज तो तू निकाल ही नहीं सकता वरना तेरे एक-एक राज मैं भरी महफिल में खोलकर तेरे जिस्म को नंगा करके तबाही के उस गर्त में ढकेल दूँगा कि जिसका तुझे सपने में भी अन्दाजा नहीं होगा।''

''तरस खा, बादशाह खान। मैंने तेरे लिए क्या कुछ नहीं किया है। तेरे पकड़े माल को छुड़ाया। तेरे को अपना सर्वस्व दे डाला। क्या इसके बदले में तुम मेरी नौकरी नहीं बचाओगे।'' एस०पी० रावत गिड़गिड़ता रह गया और बादशाह खान ने रिसीवर क्रेडिल पर पटककर कहा-

''देखो, सुरजीत। इंस्पेक्टर अलंकार की लाश कहीं किसी के हाथ लगने न पाये वरना मामला तूल पकड़ लेगा।''

''अच्छा, बॉस।''

''लेकिन सुरजीत लाश कहाँ डाली थी?''

''लाश को दिल्ली के बाहर एक झाड़ी में फेंक दिया था जहाँ चीलों और जानवरों का जमाव रहता है। अब तक उसे जानवरों ने खाकर खत्म कर डाला होगा।'' उसने कहा।

''लेकिन उसकी वर्दी के चिथड़े तो होगें।'' बादशाह खान सोचनीय मुद्रा

को बनाता हुआ बोला।

“ठीक है। बस मैं जा रहा हूँ, हर तरह के निशानात मिटा कर आ रहा हूँ।” और फिर वह गाड़ी लेकर चल पड़ा उस जगह जहाँ पर उसने इंस्पेक्टर अलंकार को बोरे में भर कर डाल आया था, चील और कौवों के भोजन के खातिर।

* * *

सुरजीत सिंह अपने पैर के नीचे से गायब धरती को देखता रह गया क्योंकि लाश जड़-मूल से गायब थी। किसी तरह का कोई निशान वगैरह पता नहीं चल रहा था। वर्दी का कोई पता-ठिकाना तक न था कि वह रुमाल भर ही चिथड़ा लेकर वापस लौट पाता। अचानक वहाँ से कुछ हट करके एक मानव कंकाल दिखायी दिया। उसे ही वह एक अन्य बोरे में भर कर साथ ले आया।

बादशाह खान ने जब वह कंकाल देखा, तो बोला- “यह तुमने ठीक किया है। लाश तो ताजी खायी हुई लग रही है। यह उसी हरामजादे की लाश है।” वह खुश होता हुआ बोला था। “लेकिन वर्दी का कोई फटा टुकड़ा, पैण्ट, कैप, स्टार्स वगैरह?” बादशाह खान ने उत्सुकतावश पूछा।

“सर, वह सब कुछ लगता है जानवर हजम कर गये या फिर किसी चोर उचक्के के हाथ लग गये होंगे।”

“क्या बकवास कर रहे हो? एक इंस्पेक्टर का खून हो जाना तुम खेल समझ रहे हो। यह मामला अभी इतना उलझेगा कि शक का चक्का हर तरफ घूमेगा। खुफिया विभाग के हाथों में सुबूत नहीं आने चाहिए वरना यदि पता चल गया तो समझो हम सभी लोग मुसीबत के दल-दल में फँस जायेंगे।”

“ठीक है, सर। हम एक बार और जायेंगे। पूरा इलाका खोज डालेंगे। कोई भी शिनाख्त की गुंजाइश बाकी नहीं रखेंगे। इतना कहकर सुरजीत एक बार फिर उसी जगह पर गया और खोजने लगा।

* * *

वीर सिंह नेहरू पार्क में टहल रहा था कि अचानक एक जोर के ठहाके की आवाज सुनायी दी। शाम का वक्त था। ठंडक होने के कारण हल्का-हल्का अँधियारा भी था। वीर सिंह का माथा ठनका। वह चुपके-चुपके उन व्यक्तियों के पीछे एक टीले के पीछे छुप गया।

जहाँ पर ये लोग बैठे थे, वहीं पर सुन्दर सजावट के वृक्षों का झुण्ड था। जहाँ पर बैठे ये लोग आपस में वार्तालाप करने में लगे हुए थे। पार्क अधिक व्यस्त नहीं था। एक-आध लोग ही थे क्योंकि आज की शाम बर्फीली भी थी।

वीर सिंह ने चुपके से झाँका तो दिखायी दिया कि वे सिगरेट के कशों में मस्त हैं। उसमें एक बीस-बाईस वर्ष की लड़की भी थी।

कुल पाँच लोग थे। वीर सिंह को सन्देह था कि निश्चित ही ये लोग किसी गलत इरादे से यहाँ पर बैठे है। वीर सिंह कुछ सोचने लगा कि अगले क्षण लड़की की आवाज सुनायी दी। ''अच्छा तो मेरे को जाने दो। अब मुझे बहुत नींद आ रही है।'' वह नशे की चरम सीमा में बिखरते शब्दों में बोलती जा रही थी।

वीर सिंह सब सुनता रहा।

''अभी कहाँ जा रही हो, मोहिनी?''

एक व्यक्ति उसके गाल सहलाते हुए बोला।

''देखो, बादशाह खान साहब की मैं खास अमानत हूँ। मुझे मत छुओ वरना मेरा बॉस तेरे जिस्म को गोली से उड़ा कर रख देगा।''

''मोहिनी, तुम बकवास मत करो। क्या बादशाह खान बॉस की अमानत को मैं इस्तेमाल नहीं कर सकता हूँ।''

''मुझे छोड़ दे, कमीने।'' और फिर मोहिनी उठ खड़ी हुई। उसने भागने का प्रयास किया। किन्तु अत्यधिक नशे में होने के कारण वह अधिक दौड़ नहीं सकी। कुछ एक कदम दौड़ कर वह गिर पड़ी। वीर सिंह ने मोहिनी का चोरी-चोरी पीछा करना चाहा। उन लोगों ने मोहिनी को दौड़ाया। लेकिन झट से वह एक मारुति में घुस गयी और ले उड़ी।

सभी लोग नशे में हद से अधिक धुत थे। वे लड़खड़ाते कदमों से दौड़ने का प्रयास करने लगे।लेकिन मोहिनी पूरी स्पीड में गाड़ी ड्राइव कर रही थी कि अचानक उसके पीछे से किसी ने रिवाल्वर रख दिया और बोला- ''गाड़ी रोक दो।''

रिवाल्वर की नोक सिर पर रखा देखकर ही उसका नशा कुछ कण्ट्रोल हुआ और उसने ब्रेक लगाया। गाड़ी ठहर गयी।

वह व्यक्ति आगे आकर स्टेयरिंग सीट पर बैठ गया और मारुति ड्राइव करने लगा।

"तुम कौन हो?"

"चुपचाप बैठी रहो।"

"देखो, मुझे किडनैप करके कहाँ ले जा रहे हो?"

"बादशाह खान के पास।"

"बादशाह खान?" वह चीखती हुई बोली- "ये बादशाह खान कौन है?"

"भोली मत बन, लड़की।" वह गरज कर बोला।

"तुम कौन हो, कुछ अपना अता-पता बताओगे। तुम्हारी मुझसे क्या दुश्मनी है?" लड़की नशे की हालत में बौखलायी हुई मुद्रा में बोली।

"मेरा परिचय जान कर क्या करोगी?" वह कार को तेजी से एक सुनसान रास्ते पर मोड़ते हुआ बोला। कुछ दूरी के पश्चात जब मारुति ठहरी तब झटके से मारुति कार के पल्ले को खिसकाता हुआ बाहर निकला और बोला- "आ, बाहर निकल।"

"नहीं, मुझे नहीं आना।"

"बाहर निकल, वरना गोलियों से भून कर रख दूँगा।"

घबरा कर वह लड़की बाहर निकली और साथ-साथ उस युवक के उस गुप्त अड्डे पर पहुँची। यह वीर सिंह का टॉर्चर रूम था। वीर सिंह उसकी गाड़ी में छुपकर बड़ी होशियारी से एक बार फिर अपने कार्य में सफल हो सका।

"तुम इस सुनसान में मेरे साथ क्या करोगे - बलात्कार, हत्या। कितने नीच इंसान हो तुम।" लड़की चीखती हुई बोली।"

"जुबान पर लगाम दे, चरित्रहीन लड़की। वीर सिंह की आँखें लाल हो गयी थी" एकदम गरम सलाख की तरह। "तू समाज की कलंक लड़की है, तुझे ईश्वर कभी माफ नहीं करेगा। तेरा वह काम है, जो शायद तेरी अन्तरात्मा भी तुझे इस काम के लिए धिक्कारती होगी। लेकिन पैसा और दौलत ने तेरे जमीर को मार कर रख दिया है।"

“तुम्हारा मकसद क्या है? क्या तुम समाज के ठेकेदार हो? सुधार गृह के संस्थापक बनना चाहते हो? तुम समाज की दिशा बदलने का प्रयास कर रहे हो हल्के-हल्के नशे में वह बोल रही थी, साथ ही साथ झूम भी रही थी। “लेकिन तुम अपने किसी इरादे में सफल न हो सकोगे।”

“तुम सीधे-सीधे यह बताओ कि तुम्हारा यह धन्धा कहाँ-कहाँ चल रहा है? कौन सबसे बड़ा बॉस है, जो बादशाह खान को शरण दे रहा है।”

“मैं किसी बादशाह खान या किसी दूसरे बॉस-वॉस को नहीं पहचानती हूँ।”

“मक्कार लड़की, तू भी जिद्दी है। लेकिन तेरी जिद को मैं अभी रास्ते पर ले आऊँगा।” वीर सिंह ने उसे टॉर्चर चेयर पर बैठाया और हल्का-सा झटका दिया। पल भर में वह बेहोश होकर गिर-सी पड़ी। उसे एक बोरे में पैक करके वीर सिंह ने पुलिस कमिश्नर रोमेश प्रताप के बंगले के पीछे डाल दिया।

* * *

रात के ढाई बज रहे होंगे। अचानक किसी की चीख सुनकर होमगार्ड्स जाग पड़े। यह पुलिस कमिश्नर तलवार का बँगला था।

एक बोरे से निकलती चीख को सुनकर उन लोगों ने बोरे को खोला और उसे बाहर निकाला। सभी आश्चर्यचकित हो उस खूबसूरत लड़की को देखते से रह गये।

“मुझे इस तरह तुम लोग क्यों देख रहे हो? क्या कभी कोई खूबसूरत लड़की नहीं देखी?”

“ये क्या कह रही है?” एक पुलिस कांस्टेबल बोला। “लगता है इसमे कोई गहरा राज है।” कांस्टेबल मन में सोचता हुआ सीधा काफी देर तक सोचनीय मुद्रा में खड़ा रहा। सभी आश्चर्यचकित थे। इतने में यह सब शोर सुनकर पुलिस कमिश्नर तलवार साहब गेट खोलकर बाहर आए- “क्या हो रहा है यहाँ, ये लड़की यहाँ क्या कर रही है?”

“सर, ये बोरे में पैक थी। जब ये चिल्लायी तब हम लोगों ने बोरा खोला और इसे बाहर निकाला। लगता है इसको किसी ने किडनैप करके बोरे में भर कर यहाँ पुलिस को दोषी ठहराने के लिए यह चाल चली है।” कांस्टेबल विमलेश

सिंह कुछ विचार करके गम्भीर लहजे में सहजतापूर्वक बोला।

"शायद तुम ठीक कह रहे हो, विमलेश।" कमिश्नर साहब ने विमलेश की ओर ध्यान से निहारते हुए कहा और उसके पश्चात उन्होंने लड़की को देखते हुए पूछा- "क्यों लड़की, तुमको किसने इस दशा में किया है?" वह खामोश खड़ी रही। कोई उत्तर न दे सकी। अचानक ही उसने भागने का प्रयास किया लेकिन उसे झट से गार्ड्स ने झपट्टा मार कर लपक लिया।

"छोड़ दो हरामजादों कमीनों। मेरी इज्जत लूटना चाहते हो क्या?" वह गरजती हुई बोली।

कमिश्नर साहब ने उसकी इस प्रतिक्रिया पर क्रोध पर नियंत्रण रखा। अपने आप को संयमित करते हुए वह बोले, "इस लड़की को पास वाली कोतवाली के लॉकप में कैद करके रखो। मुझे यह फितरती लड़की लग रही है।

"यस सर"।

इतना कह कर कमिश्नर साहब अपने शयन कक्ष की ओर बढ़े ही थे कि अचानक एक गोली की आवाज आयी और वह लड़की जख्मी होकर गिर गयी। पुलिस ने तुरन्त बदमाशों का पीछा करना शुरु किया।

पुलिस कमिश्नर ने तुरन्त रात ही में पूरी दिल्ली पुलिस को अलर्ट कर दिया।

विमलेश ने बुलेट गाड़ी ली और शीघ्र ही गहरे काले रंग की फिएट का पीछा करना शुरू किया। कार किसी तूफान की तरह उड़ रही थी। जैसे ही एस०पी० रावत को फोन मिला वह विद पुलिस फोर्स निकल पड़ा। "हेलो, सर। इस वक्त बदमाश लोदी रोड पर काली फिएट गाड़ी से गुजर रहे हैं। मैं इंस्पेक्टर मधुर आनन्द बोल रहा हूँ।"

"ठीक है।" पुलिस कमिश्नर तलवार ने वायरलेस के थ्रू जवाब भेजा।

कांस्टेबल विमलेश ने थोड़ी दूर भागकर इन्सपेक्टर मधुर आनन्द को देख लिया था। इस वक्त इंस्पेक्टर मधुर की जीप लगभग पचास मीटर पीछे होगी फिएट के।

विमलेश भी जीप में ही था। फायरिंग दोनों ओर से हो रही थी लेकिन दोनों के साइड के निशाने निष्फल जा रहे थे।

इस वक्त दोनों गाड़ियों की रेस चरम सीमा पर थी।

* * *

''क्या हाल है लड़की का, डॉक्टर मेहता?'' पुलिस कमिश्नर तलवार चिन्ता व्यक्त करते हुए बोले।

''लड़की मर चुकी है, सर।''

''क्या? लड़की मर चुकी है? और इसके बयानों का क्या हुआ?''

''सर, बिना बयान के ही इसने दम तोड़ दिया था।''

पुलिस कमिश्नर का दिमाग हवा भरे गुब्बारे की तरह मानो दग गया हो। कुछ समझ में नहीं आ रहा था कि ये सब कैसे हुआ?

''लेकिन इसके मौत का कारण सिर्फ गोली ही नहीं थी। ये लड़की ड्रग्स की आदी भी रही होगी। इसका ब्लड टेस्ट बता रहा है कि ये निश्चित रुप से किसी ड्रग्स गैंग की सदस्या रही होगी।'' डॉक्टर मेहता ने शंका व्यक्त करते हुए कमिश्नर तलवार को बताया। अन्त में उसको पोस्टमार्टम के लिए भेज दिया गया।

अचानक वायरलेस पर सूचना आयी कि बदमाश पुलिस चंगुल में आने से पूर्व ही फरार होकर निकल गये। पुलिस कमिश्नर इस घटना से काफी हैरान हो गये थे। सीधे आकर वे अपने बंगले पर गये और आगे की भूमिकाएँ तैयार करने लगे।

* * *

बादशाह खान काफी हैरानी से अपने गुप्त अड्डे पर चहलकदमी कर रहा था। बादशाह खान की इस वक्त की चहलकदमी शान्तिप्रिय ढंग की नहीं वरन चिन्ता के कदमों से लड़खड़ाती हुई चहलकदमी थी।

अचानक फोन की घण्टी हुई।

''हेलो, डियर बादशाह खान।

मैं एस0पी0 रावत बोल रहा हूँ।''

''कहिए, एस0पी0 साहब। क्या हो रहा है?'' बादशाह खान मुस्कराकर

बोलना चाह रहा था किन्तु वह चाह कर भी पूरी तरह से हँस न सका। क्योंकि भय उसके चेहरे पर छाया हुआ था।

"देखो, बादशाह। तुम मुझे इंस्पेक्टर अलंकार की लाश का पता बताओ वरना मैं तुझे बर्बाद कर दूँगा ?"

"एस0पी0, तू मुझे फिर धमकी दे रहा है। तेरी मति को क्या दीमक चाट गया है जो मुझे ललकार कर अपना सर्वनाश करवाना चाह रहा है।"

"देख, बादशाह खान। अब तेरी ब्लैकमेलिंग की हद खत्म हो रही है। ये तो मेरी बीवी व बच्चों के जीवन का प्रश्न है। यदि मैं इस केस की ठीक तहकीकात नहीं कर सकूँगा तो कुछ घण्टों में मेरी नौकरी चली जायेगी। तब तू क्या खुश होगा ?"

"देखो, एस0पी0 साहब। ये सब कुछ मेरी समझ में नहीं आ रहा है जो कुछ तुम कह रहे हो। मैं तो एक सीधा-साधारण व्यापारी हूँ। ये खून-कत्ल करना व्यापारियों का नहीं कातिलों का काम है।

लेकिन हाँ, एक शर्त है। इंस्पेक्टर अलंकार की लाश और उसके कत्ल का पूरा विवरण मैं तुम्हें दे सकता हूँ। उसका एक रास्ता है।" बादशाह खान ने बड़े सहज शब्दों में कहा।

"क्या रास्ता है, बादशाह खान ?" एस0पी0 रावत कुछ प्रसन्न होते हुए बोले- "शीघ्र बताओ, मेरा दिल बहुत घबरा रहा है।"

"तुम्हारा दिल सुनकर और भी अधिक घबरा जायेगा।"

"लेकिन ऐसी क्या बात है ?"

"जब सुनोगे तब चौंकोगे।"

"तो सुनाओ। मैं तुम्हारी हर शर्त मानने के लिए तैयार हूँ जिसमें मेरे बच्चे भूखों मरने से बच जाये।" एस0पी0 रावत गिड़गिड़ाता हुआ बोला।

"तो एक काम करो, रिसीवर को एस0पी0 साहब क्रेडिल पर रख दो और आ जाओ मेरे पास। मैं तुम्हारा इन्तजार कर रहा हूँ।

"ठीक है, बादशाह खान। मैं तुरन्त तुम्हारे पास आ रहा हूँ।"

* * *

"मेरी शर्त सुन पाओगे, एस0पी0 साहब?" बादशाह खान गम्भीर लहजे में बोला। "ये बहुत कीमती सौदा है।"

"कितना कीमती सौदा है? आज मैं तुम्हारी हर कीमत अदा करने की कसम खाकर आया हूँ।"

"एस0पी0 साहब, सोच लो। हाँ करके मुकरने का नतीजा मालूम है तुमको।"

"पहेलियाँ मत बुझाओ। बात मतलब की करो, बादशाह खान।" एस0पी0 रावत को बादशाह खान की चक्करदार बातें बिलकुल भी समझ में नहीं आ रही थीं। वे तिलमिलाकर बोले- "हाँ, हाँ, कहो न तुम्हारी क्या शर्त है?"

"शर्त नहीं सौदा है। तुम अपनी जवान लड़की विभा...

"बकवास बन्द कर, कुत्ते।" एस0पी0 निर्भय रावत चीख पड़े। "कमीने बादशाह खान, तुझे मेरी औरत की इज्जत लूटकर भला नहीं हुआ। अब तू मेरी देवीस्वरुप पत्नी के बाद मेरी फूल-सी मासूम बच्ची को। तू कमीनेपन की सीमा पार कर रहा है। मैं तेरी जान ले लूँगा।" तुरन्त ही एस0पी0 ने रिवाल्वर तान दिया बादशाह खान के ऊपर।

"रिवाल्वर हटा, एस0पी0। तू ये गीदड़भभकी मुझे देने को रहने दे। हटा रिवाल्वर और अपनी बच्ची को मेरे साथ सुला दे तो तेरे जीवन की कहानी बदल दूँगा मैं।" बादशाह खान हँस पड़ा।

"नहीं, बादशाह खान। ये तेरा इंसाफ नहीं है। अब अपनी भूख मिटाने के खातिर मेरे जिगर के टुकड़े को मुझसे माँग रहा है। लेकिन इस बार गोली उतार दे मेरे सीने पर परन्तु इस तरह की परीक्षा न ले मेरी।"

बौखला कर एस0पी0 वहाँ से चला आया। अपने चरित्रहीन जीवन के कारण एक एस0पी0 को विवश होना पड़ रहा था इस तरह के सौदे करने के लिए।

* * *

''तुम, कौन लड़की हो?''

''क्या तुम बादशाह खान हो?''

बादशाह खान ने कहा- ''हाँ, मैं बादशाह खान हूँ।''

''मैं एस0पी0 रावत की बेटी विभा रावत हूँ।''

विभा का चेहरा किसी पाप को करने के लिए तत्पर-सा प्रतीत हो रहा था।

''क्या तुमको एस0पी0 रावत ने भेजा है?''

''सवाल मत करो।'' विभा काँपती हुई बोली। रात के ग्यारह बज रहे थे और जाड़े की ठिठुरती रात थी।

''आओ मेरे साथ। देखो, यह मेरा आराम का कमरा है। यह बेड है जो किसी खूबसूरत लड़की के आने की प्रतीक्षा कर रहा था।''

जैसे ही विभा ने बादशाह खान के इरादे बदलते देखे। उसके शरीर में भय के तार झनझनाने से लगे।

''पास आओ, मेरी जान।'' इतना कहकर वह मुस्कराता हुआ विभा के समीप गया और फिर उसके सुन्दर-सुन्दर शरीर पर हाथ फेरने लगा। विभा भयवश सिकुड़ गयी। विभा के जीवन का यह पहला हश्र था। इसके पूर्व कभी भी उसको ऐसी परिस्थिति का सामना नहीं करना पड़ा था।

बादशाह कुछ सोचता हुआ बोला- ''तुमको यहाँ तुम्हारे पिता ने भेजा है?''

''नहीं कुत्ते, जब शाम को पापाजी लौटे थे तो वे मम्मी को तेरी यह धमकी भरी शर्त बता रहे थे। जिसको बताते हुए वे रो पड़े और मुझसे एक बेबस पिता के अश्रु देखे न गये और मैं चली आयी। तेरे आगोश में लिपटने के लिए।'' ''आगोश में लिपटने के लिए वाह!

क्या। बात है, विभा जी।''

एक आगन्तुक स्टेन गन हाथ में लिए सामने खड़ा था।

''विभा जी, तुम एक कुँआरी शरीफ लड़की की तरह पूरे कपड़े में आ जाओ, बाकी बादशाह खान को मैं देख लूँगा।''

''तुम कौन हो?'' बादशाह खान गरज पड़ा।''

वातावरण उसकी भयानक और विस्फोटक ध्वनि से भर गया।

''तेरा बाप।'' वह गुर्रा कर बोला।

''अबे, साले-कमीने। तू भूल रहा है क्या कि यह बादशाह खान का अड्डा है?''

''हाँ, बादशाह खान। मुझे अच्छी तरह से मालूम है कि बादशाह खान का अफीम, कोकीन, ब्राउन शुगर और नकली दवाई बनाने का अड्डा है। जहाँ से जहर तैयार होकर समाज के कोने-कोने में भेजा जा रहा है। लेकिन कुत्ते, शायद तुझे यह मालूम नहीं होगा कि जब किसी का पाप किसी का अत्याचार अधिक बढ़ जाता है तब राम और कृष्ण का जन्म होता है तो समझ ले कृष्ण का जन्म हो चुका है। कंस, मैं तेरे पापों का अन्त करने की कसम ले चुका हूँ।'' आगन्तुक के चेहरे पर आक्रोश की लाल अग्नि दहक रही थी।

''अच्छा, तो तू कलियुग का कृष्ण है।'' उसकी आवाज में व्यंग्य छुपा था।

''हाँ, नीच। तू ठीक कह रहा है।'' इतने में बहुत फुर्ती के साथ बादशाह खान के सीने पर उस आगन्तुक ने स्टेन गन रख दी और चीख कर बोला- ''ऐ लड़की, तू घर जा, मैं इसको सँभाल लूँगा।

विभा किसी तरह से छुपती-छुपाती हुई वहाँ से बाहर निकल रही थी कि अचानक एक व्यक्ति की नजर उस पर जा गिरी और वह बोला- ''तू कहाँ जा रही है?''

वैसे ही पीछे से बादशाह खान समेत वह आगन्तुक बाहर निकला और गरज कर बोला- ''कमीने, इस लड़की को जाने दे, नहीं तो तेरा बॉस जिन्दा नहीं बचेगा।'' अचानक बादशाह खान के एक कुत्ते ने बन्दूक तान दी लेकिन जैसे ही बादशाह खान ने इशारा किया उसको बन्दूक नीचे करनी पड़ी और विभा वहाँ से बच निकली।

जब विभा चली गयी तब वह आगन्तुक गरज कर बोला, ''बादशाह, तुम अपना कारोबार स्वयं चला रहे हो या तुम्हारा भी कोई बॉस है।''

वह गरजना चाह रहा था लेकिन उसकी जिन्दगी दॉव पर थी इसलिए सहमी आवाज में बोला- ''मैं ही अपने कारोबार का बॉस हूँ और सारे लोग मेरे अधीन काम करते हैं।''

''वाह! अपने आप को बॉस कह कर तुझे फक्र महसूस हो रहा है। इतना नीच और गैरकानूनी काम तेरी आत्मा को धिक्कारता नहीं है।'' लेकिन विवश बादशाह खान सब कुछ सुनता जा रहा था। बादशाह के सभी कारिन्दे खामोश आगन्तुक की गतिविधि को देखने एवं समझने की कोशिश कर रहे थे।

यह आगन्तुक सिर्फ वीर सिंह था। जिसने वीरता के रिकार्ड बनाने शुरू किये थे और ऐसे जहरीले असामाजिक व्यवसाय तथा इसके कारिन्दों को जड़ से समाप्त करने की कसम ले रखी थी इस वीर ने। इस वक्त बाजी वीर सिंह के हाथ में थी। अब तो बादशाह खान के सपनों के महल को एक झटके में वीर सिंह तोड़ कर रेत के ढेर में बदल देगा।

''चल, बादशाह खान। आज तेरे इस कारोबार को विनाश के मंत्र पढ़कर राख कर दूँ। जिससे तू भी अपने जीवन में आगे पाप न कर सके। फिर कभी तू किसी को ब्राउन शुगर का आदी बनाकर उसे तबाह न कर पाये। आज तेरी जिन्दगी में मैं ऐसा विष घोल दूँगा जिससे पूरे समाज को शान्ति मिलेगी। तमाम मासूम अबलाओं के घरों में तेरी मौत को सुनकर घी के दिये जलाये जायेंगे।''

''नहीं, नहीं, नहीं। ऐसा मत करो। आखिर मैंने तुम्हारा क्या बिगाड़ा है? मैं तुमको पहचानता भी नहीं हूँ। छोड़ दो मुझे। मेरी सारी दौलत ले लो तुम।'' वह गिड़गिड़ा रहा था।

''नहीं, कमीने, मैं इतना नीच नहीं हूँ कि अपने स्वार्थ के लिए इतने बड़े समाज को इंसाफ से दूर कर दूँ। किसी अदालत के इंसाफ के तराजू में असन्तुलन हो सकता लेकिन मेरे इंसाफ के तराजू में तनिक भी असन्तुलन नहीं हो सकता।'' वीर सिंह भावावेश में बोल रहा था।''

''मानता हूँ। यकीनन मैं बहुत शर्मिन्दा हूँ। लेकिन सिर्फ एक मर्तबा मेरी जिन्दगी को बख्श दो, दोबारा कभी मैं इस कारोबार को नहीं करूँगा।''

''तेरी जिन्दगी को बख्श दूँ? वाह! तूने भीख भी माँगी तो वह भी कैसी?'' वह हँस पड़ा।

''एक बात बताओ कि तुम हो कौन?'' बादशाह खान ने डरते हुए पूछा।

''सब कुछ जान जाओगे। लेकिन एक काम करो।''

''कैसा काम?'' बादशाह खान ने कहा।

‘‘बादशाह, मैं तुम्हारा वह इंजेक्शन देखना चाहता हूँ जिसमें नशीला पदार्थ भर कर तू लोगों को नशे की खतरनाक दुनिया में भटकाया करता था।’’

‘‘हाँ, दिखाता हूँ लेकिन मुझे जाने तो दो।’’

‘‘अधिक होशियारी मत कर, बादशाह खान। अपने कुत्तों से बोल कि वे ऐसा इंजेक्शन लेकर आयें।’’

‘‘हाँ, हाँ, क्यों नहीं। अरे, सुनो, सुरजीत।’’

‘‘जी, सरदार।’’

‘‘तुम ऐसा करो, एक इंजेक्शन ब्राउन शुगर भरकर ले आओ।’’

‘‘लेकिन ध्यान रहे कमीने, वाकई वह इंजेक्शन नशे का ही हो वरना तेरा बादशाह खान ढूँढ़े नहीं मिलेगा कि किस दुनिया में पहुँच गया है।’’ वीर सिंह चीख कर बोला।

‘‘लेकिन इंजेक्शन का क्या करोगे तुम?’’ ‘‘अभी देख कमीने, क्या करूँगा इस इंजेक्शन का। हो सकता है अपने ही लगा लूँ। यह देखने के लिए कि कैसा मजा आता है।’’

सुरजीत अपने स्पेशल रूम में गया जिसमें ब्राउन शुगर, कोकीन और कीमती ड्रग्स भरे रखे थे। थोड़ी ही देर में वह एक भरा हुआ इंजेक्शन लेकर बाहर आया- ‘‘यह रहा, सरदार।’’

‘‘इधर आ कमीने, लगा इंजेक्शन अपने अजीज बॉस को। हाँ, आ इधर, मैं कुछ कह रहा हूँ तुझसे।’’

सुरजीत बादशाह खान के करीब आया। वीर सिंह सावधान होकर बड़ी निर्भीकतापूर्वक उसके सीने पर स्टेन गन को ताने हुए था। जिसके भय से बादशाह खान का सारा गैंग चुप्पी साधे था।

‘‘लगा, इंजेक्शन लगा। इस पापी की बाँह में, जिसके अत्याचार ने दिल्ली शहर को तबाह कर रखा है।’’

‘‘नहीं, ऐसा मत करो। यह बहुत खतरनाक इंजेक्शन है। इससे मैं मर जाऊँगा। मेरी जिन्दगी तबाह हो जायेगी।’’

''वाह बादशाह खान, जब स्वयं पर पड़ी तो दर्द हो रहा है। लेकिन क्या कभी तुमने दूसरे के दर्द का एहसास किया है? क्या कभी उनकी तड़प को समझने की कोशिश की है। कभी उन चीखों को सुना है जो उन घरों के आँगन से उठी हैं जिनको तूने हमेशा-हमेशा के लिए सूना कर दिया है। चल, बाँह सामने कर। लगवा ले इंजेक्शन, देख कितना मजा आयेगा तुझे।

सुरजीत थोड़ा आगे बढ़ा। उसके हाथ में इंजेक्शन था। बादशाह खान घबरा रहा था। वह थोड़ा और आगे बढ़ा। लेकिन अचानक वीर सिंह के हाथ की गन ऊपर से गिरे फंदे में फँस कर छत में पंखे की तरह लटक गयी। ऑटोमेटिक स्विच से ऐसा सब कुछ हुआ था और वीर सिंह घेर लिया गया।

* * *

''अरे विभा! यह क्या? तुम कहाँ से आ रही हो?'' विभा ने सारा हाल जो कुछ भी हुआ था अपने पिता एस०पी० रावत को बताया।

वह डर के कारण काँप रही थी ।

यह सब कुछ सुनते ही एस०पी० रावत का दिमाग फटने-सा लगा। शीघ्र ही वह उठा और वर्दी के अतिरिक्त कपड़े पहने। इस वक्त एस०पी० रावत ने स्टेन गन ले रखी थी। मारुति स्टार्ट की और अकेले ही वह बादशाह खान के अड्डे पर धमाका करने के लिए चल पड़ा।

इस समय एस०पी० रावत का मस्तिष्क अनेक विवादों, परेशानियों से चकनाचूर हुआ जा रहा था चूँकि उसको यह ठीक तरह से मालूम था कि बहुत ही शीघ्र उसको नौकरी से सस्पेंड होना है।

इसी मनोवेग के संग वह बादशाह खान के अड्डे पर गया। सीधा स्टेन गन को ताने हुए वह अन्दर दाखिल हुआ।

बादशाह खान कुछ लोगों की पिटाई करने में लगा हुआ था। पल भर के लिए निर्भय ठहर गया क्योंकि पुलिस गार्ड को धमकाता हुआ वह अन्दर दाखिल हुआ था और पूरी स्थिति को अभी उसको समझना भी था।

एकबारगी एक व्यक्ति की तेज प्रलंयकारी ध्वनि गूँज उठी। एस०पी० निर्भय भी हल्के से सावधान हुए और बादशाह खान के उस टॉर्चर रूम में घुस गये। स्टेन गन सामने थी। बादशाह खान एक चाबुक से, तीन व्यक्तियों को

बाँधे हुए पीटने में लगा था। इसलिए निर्भय के लिए कोई मुश्किल नहीं थी कि उस पर काबू पा सकता। ''सावधान हो जा, बादशाह। आज तेरे जीवन का खेल इसी रात्रि में मैं खत्म करके तेरी जीवनी में मैं मौत की तारीख लिख दूँगा। क्योंकि तेरी जिन्दगी इतनी गन्दी है कि उसकी जीवनी भी इतनी घिनौनी है जिसमें मौत का दिन डालना इसलिए जरूरी है कि अब तेरी जिन्दगी की जीवनी में कोई और घटना न लिखी जा सके।''

''यह क्या बचपना है, एस०पी० साहब?''

''तहजीब से बात करो, बादशाह खान।

शायद तुम भूल रहे हो कि एक एस०पी० तुम्हारे सामने खड़ा है। बस फर्क इतना है कि आज एस०पी० वर्दी में नहीं है।''

बादशाह खान घबराकर बोला- ''एस०पी० साहब, मेरे पास कुछ सुबूत हैं।''

''उन सुबूतों को तू सरे बाजार नंगा कर दे। तू पर्दाफाश कर दे मेरी इज्जत का। मुझे रुसवाई से कोई फर्क नहीं पड़ेगा। बादशाह खान, तू यही तो कहना चाहता है कि मेरी औरत के साथ तेरे अश्लील सम्बन्ध थे, क्योंकि तू मुझे बेशुमार दौलत दिया करता था। एक रात जब तूने छलपूर्वक मेरी औरत के साथ सम्बन्ध कर लिए और वे फोटोग्राफ्स जो तेरे पास बतौर अमानत बड़ी मजबूती से रखे हुए हैं, जिससे तू आज तक मुझे ब्लैकमेल करता आया है। गलती तो मेरी भी है कि तेरी दी हुई पार्टी में जाया करता था और जिसका तूने यह सिला दिया। लेकिन बादशाह खान, तेरी जिन्दगी बस चन्द लम्हों की ही है। बोल, वे निगेटिव्ज कहाँ है?''

हड़बड़ाहटवश वे निगेटिव उसने अपनी जेब से निकाल कर एस०पी० निर्भय के समीप फेंक दिये।

शीघ्र ही एस०पी० निर्भय रावत ने उन निगेटिव्ज को उठा कर अपनी जेब में रख लिये और आँखों को तरेरता हुआ बोला, ''बोल, तेरी ख्वाहिश क्या है?''

''देखो, एस०पी० साहब। मुझे तुमसे कोई दुश्मनी नहीं है। रही बात जो मेरी गल्तियाँ हैं, उनके लिए मुझे जेल भिजवा सकते हो और मेरे इस कारोबार को पुलिस कस्टडी में ले लो एस०पी० साहब, लेकिन मेरे बीवी, बच्चों का

ख्याल करो, वे मेरे बिना जीवित नहीं रह पायेंगे।''

वीर सिंह, राहुल और वह लड़की बड़े ध्यान से उस दहशती वातावरण को देख रहे थे।

''तू सच कह रहा है, कमीने। तेरी सारी इच्छाएँ पूरी होंगी। तू जेल भी जायेगा, तेरा कारोबार भी जलाकर राख किया जायेगा। सब कुछ वैसा ही होगा जो तू चाह रहा है लेकिन एक बात नहीं पूरी होगी, वह है तेरी जान को बख्श देने की।''

''हाँ, इसको एस०पी० साहब, जिन्दा मत छोड़ना है क्योंकि ये समाज के लिए बहुत खतरनाक विषैला सर्प है।'' वीर सिंह गरज कर बोला।

एस०पी० कुछ मौन होकर सोचने के पश्चात बोले- ''नवयुवक, तुम लोग कौन हो ? ''

''सर, मुझे वीर सिंह कहते हैं। इनमें एक राहुल कुमार एडवोकेट और एक सुधा भारती हैं।''

''राहुल एडवोकेट यानी इन्सपेक्टर अलंकार का अजीज दोस्त।''

''हाँ, सर। आपने ठीक पहचाना है।''

''लेकिन इंस्पेक्टर अलंकार कहाँ हैं ?''

वीर सिंह चुप रहा, कुछ सोचने लगा। इतने में राहुल की आँख नम हो गयी और वह रो पड़ा।

''मुझे उसका कुछ पता नहीं मिल रहा है। वह कहाँ है, कैसा है ? किसकी फितरत का शिकार हो गया है वह।'' इतना सुनकर एस०पी० एक लम्बी साँस लेता हुआ बोला- ''मेरा पूरा शक बादशाह खान पर जा रहा है।''

''बोल, बादशाह खान। तूने इंस्पेक्टर अलंकार का क्या हश्र किया है ?''

बादशाह खान खामोश रहा।

''अबे पापी, नीच इंसान। तू कुछ बोलेगा भी या फिर तेरे जिस्म को गोलियाँ चलाकर छलनी कर दूँ। तूने मेरे इंस्पेक्टर अलंकार का क्या किया जो एक ईमानदार देवता के समान निष्पाप व्यक्ति था जिसने वर्दी के लिए अपनी

जिन्दगी को न जाने कितनी बार कुर्बानी की कगार पर लाकर खड़ा कर दिया होगा।''

"हाँ, एस०पी० साहब। उसका खून मुझसे हो गया था।''

यह सुनकर ही एस०पी० निर्भय रावत का रक्त खौल उठा। उसने गोलियों की बारिश प्रारम्भ कर दी लेकिन उसने जैसे ही गोलियाँ चलानी शुरू की, उसका खास कारिन्दा सुरजीत सिंह सामने आ गया और सारी गोलियाँ सुरजीत सिंह के सीने पर उतर गयी थीं।

इतने में वीर सिंह चीख कर बोला- "एस०पी० साहब, कानून हाथ में मत लीजिए। आप किसी की जान मत लीजिए। मैं इस कमीने को इतनी आसान मौत नहीं दूँगा।''

सुरजीत बेदम होकर गिर गया और थोड़ी देर में ही उसके तन से प्राण पखेरू उड़ गये।

बादशाह खान भयवश हाथ जोड़े अपनी जान की भीख माँग रहा था। गैंग के सारे कारिन्दे सहमे यह विनाशकारी दृश्य देखकर घबरा रहे थे। शीघ्र ही एस०पी० रावत ने तीनों को खोलने के लिए कहा- "बादशाह खान ने सभी को खोल दिया।''

अभी एस०पी० रावत की आँखों का क्रोध शान्त न था। वह चाह रहा था कि वह इतनी गोलियाँ चलाए कि पूरा वातावरण गोलियाँ की गूँज से काँप उठे।

लेकिन इतने में झट से वीर सिंह लपका और एस०पी० के हाथ से स्टेन गन छीन ली और चीख कर बोला- "कमीने, तूने क्या कम पाप किये हैं। इस खूँखार बादशाह खान को किसने बादशाह खान बनाया। सिर्फ तुम जैसे चरित्रहीन अधिकारियों ने, वर्ना इसकी इतनी हिम्मत कहाँ थी कि यह इतना भयानक स्मगलर बनकर देश, समाज और जन-जन को तबाह कर पाता।

मेरी हार्दिक इच्छा तो यह है कि मेरी पहली गोली का शिकार तू ही बन।''

सभी भौचक्के से वीर सिंह के इरादे से घबरा गये लेकिन बादशाह खान और उसके कारिन्दे कुछ खुश भी हुए थे कि शायद उसके गुनाहों को यह इंसाफ का देवता माफ कर देगा।

और फिर वीर सिंह ने एस०पी० रावत के ऊपर गोलियों की बारिश चालू की और घुमाता गया स्टेन गन का मुँह बादशाह खान और उसके सारे कुत्तों की ओर।

एस०पी० रावत कराह रहा था। कई गोलियों का शिकार होने के बाद बादशाह खान शायद दम तोड़ने के बहुत करीब था। अचानक पुलिस सायरन हुआ और बादशाह खान के साथ सभी गिरफ्तार कर लिये गये। अड्डे पर पुलिस कस्टडी हो गयी थी। वीर सिंह गिरफ्तार हो गया था। एम्बुलेंस से एस०पी० रावत तथा सारे जख्मी अस्पताल पहुँचाये गये।

एस०पी० रावत का वार्ड स्पेशल वार्ड था।

राहुल और सुधा के बयान ले लिये गये और उन्हें रिहा कर दिया गया।

* * *

सुधा से राहुल ने कहा- ''चलो, तुमको हम अपने दोस्त अलंकार का घर दिखाते हैं।'' सीधा राहुल अलंकार के घर पहुँचा लेकिन वहाँ ताला लगा हुआ था। राहुल का मस्तिष्क मानो फटा जा रहा हो। इंस्पेक्टर अलंकार की मौत को सुनकर उसका दिल और दिमाग काबू से बाहर हो रहा था। राहुल अभी उस घटना को भूल नहीं पा रहा था कि कैसे उस लड़की ने राहुल के जख्म पर पट्टी बाँधी थी। राहुल के हृदय में सुधा के प्रति मानो हमदर्दी-सी जागृत होने लगी हो। राहुल विचारमग्न स्थिति में था।

सुधा ने कहा, ''क्या सोच रहे हो, राहुल जी?''

''कुछ नहीं, सुधा।''

''फिर भी, कुछ तो सोच ही रहे हैं। लेकिन क्यों न आप मेरे घर को चलिए।''

''हाँ, हाँ। क्यों नहीं। तुम्हारे घर के लोग भी तुम्हारा बेसब्री से इन्तजार कर रहे होगें।'' राहुल ने कहा। ''यह मेरा घर है।'' सुधा रानी बाग की एक सँकरी गली में अपने घर के पास खड़ी होकर बोली।

घर देखने में अत्यधिक आलीशान था। तीन मंजिल की बुलन्द इमारत इस बात की गवाह थी कि सुधा किसी अमीर बाप की बेटी है।

''आइए, अन्दर आइए।'' सुधा ने बाहरी गेट को खोलते हुए कहा।

''अरे! बेटी सुधा। तुम इतने महीनों तक कहाँ गायब रही और तुम्हारी प्रिय मारुति वैन कहाँ है?''

''पिता जी, इन सवालों से कोई लाभ नहीं होगा क्योंकि अब यह सब कुछ अतीत हो गया है और अतीत की गोद में सोयी निद्रा कभी जागती नहीं। पिता जी, वर्तमान में मैं जीवित हूँ। आपकी अकेली अमानत और इससे कीमती न तो आपकी दौलत होगी,

न ही कुछ और।''

सुधा की आँखें भर आयी थीं।

राहुल खामोश होकर उन दोनों के मध्य हो रहे वार्तालाप को सुन रहा था।

''सच कह रही हो, बेटी। तुम वापस आ गयी हो, मानो चाँद-तारे धरती पर उतर आये हों। और बताओ, बेटी। ये साथ में कौन है?''

''हाँ, यह राहुल एडवोकेट, दिल्ली हाई कोर्ट में वकालत करते हैं।''

''बहुत खुशी हुई वकील साहब आपसे मिलकर। वैसे मुझे सेठ विमल भारती के नाम से लोग पहचानते हैं।''

''जी, मुझे भी बहुत खुशी हुई आपसे मिलकर।'' राहुल ने कहा,

''ठीक है। जाओ, सुधा, इन्हें अपने कमरे मे ले जाओ।''

लम्बे-चौड़े गोरे रंग के सेठ विमल भारती बोले।

सेठ विमल भारती की पत्नी का पिछले वर्ष स्वर्गवास हो गया था, जिससे उनके जीवन में काफी एकाकी समा गयी थी। वे बहुत कम ही हँसते थे व मुस्कुराते थे।

''सुधा, एक बात नहीं समझ आ रही है कि हम दोनों बादशाह खान के अड्डे पर पहुँच कैसे गये थे।''

''मेरे भी कुछ समझ में नहीं आ रहा था कि अचानक वैन के सामने धुआँ छाया, एक तरह की दुर्गन्धित गैस नाक में गयी और फिर क्या हुआ।

''क्या बता सकती हो ? सुधा, कुछ याद है तुम्हें, क्योंकि मैं तो वैसे भी दर्द के बहुत गहरे सागर में डूबा हुआ था।''

''राहुल जी, मुझे कुछ नहीं याद आ रहा है कि यह सब कुछ किस तरह से घटा लेकिन इतना जरूर याद है जब गैस का नशा मुझ पर सवार हुआ तभी गाड़ी के अन्दर कुछ लोग भी सवार हुए थे। शायद मेरा अन्दाजा है कि फिर गाड़ी को किसी अन्य ने ही ड्राइव किया होगा।''

''अच्छा, सुधा। अब मुझे अपने घर भी जाना चाहिए। फिर मिलूँगा।'' राहुल वहाँ से अपने घर की ओर चल दिया।

* * *

अस्पताल में सख्त पहरा था। यहाँ तक कि वहाँ कोई परिन्दा पर तक नहीं मार सकता था। घायलों के बेडों की संख्या कम नहीं थी। गोलियाँ सभी की निकाली जा चुकी थीं। एस0पी0 निर्भय रावत की स्थिति अब भी नाजुक थी जबकि बादशाह खान मृत्यु की सीमा से बाहर आ चुका था। पुलिस कमिश्नर रोमेश प्रताप, निर्भय रावत के समीप खड़े उनकी जिन्दगी की कामना कर रहे थे। विभा और उसकी माँ अपने पिता की गम्भीर स्थिति पर निराशा में डूबे ईश्वर की दुहाई दे रहे थे कि किसी तरह से उनके पति और विभा के पिता बच जायें। दूसरी ओर पूरा पुलिस विभाग एस0पी0 के इस किये हुए कार्य से शर्मिन्दा था।

वीर सिंह पुलिस की हिरासत में था। इस वक्त इंस्पेक्टर मधुर आनन्द वीर सिंह से उसके विद्रोही और देशभक्त होने का मकसद पूछने में लगा था।

''मुझे कुछ तो बताओ, वीर सिंह। आखिर तुमने इतना बड़ा काम किया है और फिर इतने खून करने का दुस्साहस भी किया है तुमने वर्ना जानते हो, तुम यदि धीरज से काम लेते तो शायद तुम्हें मेडल पहनाया जाता।

क्योंकि जैसा तुम्हारा हुलिया है- लम्बी दाढ़ी, बड़ी-बड़ी मूछें, लम्बा कद और जो तुम्हारे विषय में सुना गया है कि तुम प्राइवेट जासूस के तौर मुजरिमों को पकड़ कर स्वयं सजा देते थे। बस यहीं पर तुम्हारी गलती बन जाती है।

हाँ, यदि उन्हीं मुजरिमों को पकड़कर तुम पुलिस को दे देते तो शायद वह तुम्हारी सच्ची समाजसेवा होती।''

''इंस्पेक्टर आनन्द, आप ठीक कह रहे हैं लेकिन मेरी समझ में पुलिस

विभाग के ऐसे अधिकारी बिलकुल नहीं आते जो रिश्वत लेकर मुजरिमों को रिहा कर देते हैं। इंस्पेक्टर अलंकार जैसे व्यक्ति जो अपनी कर्तव्यनिष्ठा के बावजूद भी कुछ नहीं कर पाये, उनका हश्र क्या हुआ, तुम सभी जानते हो। इसलिए मुझे प्राइवेट टॉर्चर रूम बनाना पड़ा और वही सब करना पड़ा जो शायद समाज के लिए बहुत जरूरी था।''

''नहीं, वीर सिंह। तुम गुमराहों जैसी बात कर रहे हो। अगर एक पुलिस अधिकारी बेईमान है तो क्या सारा विभाग गलत मान लिया जायेगा?'' इंस्पेक्टर आनन्द गम्भीर होकर बोला।

''नहीं, इंस्पेक्टर आनन्द। शायद आप अभी एहसास नहीं कर पा रहे हैं कि मैं क्या कहना चाहता हूँ।''

यह रानी बाग की कोतवाली के लॉकप में कैद वीर सिंह के साथ इंस्पेक्टर आनन्द की बातचीत थी। शेष फैसले अदालत के ही माध्यम से सम्भव थे।

* * *

अदालत खचाखच भरी थी। दिल्ली के हाईकोर्ट में आज वीर सिंह की पेशी थी। राहुल कुमार एडवोकेट अपनी पूरी तैयारी में था।

सरकारी पक्ष का वकील अपनी जिरह में कह रहा था, ''योर ऑनर, यह किसी खतरनाक अपराधी से कम नहीं है। केवल समाजसेवक बनने का ढोंग रच करके पर्दे के पीछे से यह अपराधी अनगिनत लोगों की जान लेकर रक्त का दरिया बहाता रहा है। मैं तो अदालत से दरख्वास्त करूँगा कि इस खतरनाक अपराधी को आजीवन कारावास की सजा देकर इसे सबक सिखाना बहुत जरूरी है।'' सरकारी वकील कुलदीप भाटिया गम्भीर होकर बोले थे।

राहुल ध्यानपूर्वक सरकारी वकील की बहस को सुनता रहा, फिर आहिस्तापूर्वक बोला - ''मिलार्ड, वीर सिंह मेरी दृष्टि में अपराधी नहीं है और न ही न्यायालय की दृष्टि में ही इसे अपराधी होना चाहिए। क्योंकि इसका कोई भी कार्य असामाजिक नहीं है। इसने देखा कि पुलिस प्रशासन ढीला पड़ रहा था और समाज में रह कर कुछ दरिन्दे लोग ड्रग्स जैसे जहरीले पदार्थ का गन्दा धन्धा करके मासूम लोगों की जान पर जान लेते जा रहे हैं लेकिन उनको पकड़ने वाला कोई भी नहीं है, तब ही इस वीर सिंह ने यह बीड़ा उठाया और अपना प्राइवेट टॉर्चर रूम बनाकर ऐसे दोषी लोगों को सजा देना शुरू किया। मैं तो मानता हूँ

कि वीर सिंह ने जो कार्य किया है वह सराहनीय कार्य है तथा वीर सिंह को अदालत निर्दोष मानकर इसे रिहा करने की कृपा करे।'' एडवोकेट राहुल ने वीर सिंह का पक्ष मजबूती से रखा।

न्यायाधीश महोदय ने दोनों पक्षों की बहस सुनने के उपरान्त निर्णय देने की तिथि नियत कर दी।

* * *

आज अदालत को वीर सिंह व अन्य खूँखार अपराधियों की सजा पर निर्णय देना था जिसमें बादशाह खान भी शामिल था। अदालत के द्वारा बादशाह खान को दोषी मान कर उसे आजीवन कारावास की सजा सुनायी   गयी।   दूसरी ओर वीर सिंह को नेक कार्य करने व इतने बड़े गैंग को पकड़वाने के लिए उसकी सराहना की गयी किन्तु कानून को अपने हाथों में लेने के कारण दस वर्षों के कठोर कारावास की सजा सुनायी गयी और अदालत ने अपने निर्णय में यह टिप्पणी भी की कि लोगों के हृदय में वीर सिंह के प्रति क्या भावना है। इस भावना के आधार पर न्यायालय अपना निर्णय सिर्फ भावना पर आधारित होकर नहीं पारित कर सकता है।

* * *

इधर दस वर्ष की सजा काटने के लिए वीर सिंह ने जेल जाने के पूर्व अपने चेहरे पर लगी नकली दाढ़ी-मूछ हटाकर बताया कि तमाम गोलियों का शिकार होने के बाद कुछ लोगों के द्वारा मेरा इलाज कर मुझे दूसरा जीवन प्रदान किया गया था। जब मैं एक बोरे में कैद दर्द से कराह रहा था तब कुछ लोग वहाँ से निकल रहे थे। उन लोगों ने मुझे एक एकान्त स्थान में रखकर मेरा इलाज कराया और उसके बाद ठीक होकर मैंने दूसरा जन्म वीर सिंह का लेकर नाकाम एवं रिश्वतखोर पुलिस का कार्य पूर्ण करने के लिए अपने टॉर्चर रूम में दोषी लोगों को सजा देने का कार्य करना शुरू कर दिया था।

इस प्रकार इंस्पेक्टर अलंकार न रहकर मैंने वीर सिंह के रूप में ''मेरा इंसाफ'' करना शुरू किया और फिर हँसता हुआ इंस्पेक्टर अलंकार चल दिया, दस वर्ष की सजा काटने जेल की ओर।

3

एक टुकड़ा रोटी

सड़क के एक ओर बैठा हेमचन्द्र किसी आने वाले ग्राहक की अत्यन्त बेबसी से प्रतीक्षा कर रहा था। एक से बढ़कर एक सजी-धजी मूर्तियों का भण्डार है उसके पास।

समूचा दिन किसी ग्राहक की ही प्रतीक्षा में कटा जा रहा था। हेमचन्द्र एक भी पैसा कमा नहीं सका था। उसकी एक भी मूर्ति अभी बिकी नहीं थी। शाम भी ढल कर विदा माँग बैठी। किन्तु वह सिर्फ प्रतीक्षा पात्र ही सार्थक रहा।

हेमचन्द्र थका हुआ अपनी मूर्तियों और विवशताओं को समेट कर घर की ओर चल पड़ा। जैसे ही वह घर पहुँचा देखा कि सभी शान्त थे, कोई शोर न था। यहाँ तक कि घर भी अँधेरे के आँचल में सिमटा हुआ था। घुप्प अंधेरा और खामोशी को देखकर हेमचन्द्र ने अपनी पत्नी को आवाज दी- सावित्री! ओ सावित्री!''

सावित्री चुप भीतर के कमरे में थी। दीपक जलाने का असफल प्रयास कर रही थी वह।

''हाँ, हम अन्दर हैं। यह दीपक ही इतनी देर से नहीं जल रहा है।''

''क्या तेल नहीं है दीपक में?'' हेमचन्द्र गम्भीर लहजे में बोला।

''बिलकुल जरा-सा है, बार-बार जलाती हूँ लेकिन वह बुझ-बुझ जा रहा है।''

सावित्री ने माचिस की तीली को जलाते हुए जवाब दिया।

''आज कोई मूर्ति बिकी? सावित्री ने बुझी हुई आवाज में पूछा।

''एक भी नहीं। बिलकुल खाली हाथ लौटा हूँ। दिन भर एकटक मैं ग्राहक की बाट जोहता रहा। लेकिन लानत भेजता हूँ इस भाग्य पर न जेब में एक पैसा आया, न खाली पेट में एक कौर।

कभी-कभी सावित्री, मैं सोचता हूँ क्यों जन्म हो गया मेरा इस धरती पर?

कैसी है ये मेरी माँ जो अपने बेटों को एक कौर भी नहीं दे सकती? क्या इस माँ को अपने बेटों पर तरस नहीं आती?'' हेमचन्द्र वेदनाग्रस्त होकर बहुत देर तक यूँ ही बुदबुदाता रहा। ''बस रहने भी दीजिए, शान्त हो जाइए। यह तो संसार है, कभी सुख तो कभी दुःख। हम दुःखी होकर जीवन कैसे जियेगें हमें हिम्मत से काम लेना होगा।'' सावित्री ने धैर्य बँधाते हुए कहा। ''पहले आप जाइए, भोजन के लिए कुछ प्रबन्ध कीजिए, थोड़ा तेल ले आइए ताकि घर पर प्रकाश हो सके। बच्चे भी खाली पेट सो गये है। मैंने उन्हे ढाढ़स बंधाया था कि पिताजी जब लौटेंगे, तब मिठाई लायेंगे। सावित्री मजबूर आवाज में सिर्फ इतना कराह सकी थी।

''हाँ, मैंने बच्चों को बहलाकर सुला दिया है। यह अन्याय है, अपने ही रक्त के साथ विश्वासघात है। आज युग कितना बदल चुका है माँ कितनी मजबूर होती जा रही है। समय के हाथ बिक कर अपने ही बच्चे को बहलाकर सुलाने लगी है।''

इस बार फिर हेमचन्द्र की अन्तर्रात्मा रो उठी थी। ''लाओ, मुझे खाली दीपक दो। उसमें तेल लेकर आऊँ। अब यह अन्धकार देखा नहीं जा रहा है।''

हेमचन्द्र खाली दीपक लेकर गिरजाधर बनिया की दुकान के समीप जाकर बोला, ''गिरजा भइया।'' तुम हेमचन्द्र, कहो कैसे आना हुआ? ''थोड़ा-सा तेल दे दो, दीपक जलाना है। घर में अँधेरा छाया है और एक पहर का आटा भी दे दो, बच्चे भूखे सो रहे है, पैसे लाये हो?'' गिरजा बनिया हेमचन्द्र को घूरता हुआ

बोला।

‘‘नहीं, भइया। फिर दे देंगें! आज एक भी मूर्ति नहीं बिकी है।’’ ‘‘फिर कब दोगे? अभी पहले का हिसाब चुकाया नहीं और आ गये भीख माँगने।’’

‘‘गिरजा भइया, यह मेरा निवेदन है, इसे भीख मत कहो। मैं अपने बच्चे की कसम लेकर कहता हूँ कि अगली बार मैं जब आऊँगा पहले पिछला पैसा चुकता कर दूँगा। तभी कुछ सामान मागूँगा।’’

‘‘जाओ...जाओ। तुम इसके पहले भी कई बार नौटंकी कर चुके हो।’’

‘‘भइया, सिर्फ प्रकाश की खातिर थोड़ा-सा तेल दे दो, पेट के लिए चाहे मत दो। हेमचन्द्र ने सिर की पगड़ी उतार कर गिरजा बनिया के पैर पर रख दी।

‘‘अच्छा-अच्छा। मत चीखो। मैं तुम्हें यह आखिरी मौका दे रहा हूँ। पहले जाकर कोई अच्छी-सी मूर्ति ले आओ, मैं तुम्हें तेल दे दूँगा।’’

हेमचन्द्र घर जाकर एक मूर्ति ले आया। ‘‘ये लो, श्रीकृष्ण की मूर्ति है।’’

हेमचन्द्र, वह सुन्दरतम मूर्ति बनिये की तरफ बढ़ाता हुआ बोला।

‘‘वाह! बहुत अच्छी है यह मूर्ति। भई कमाल के कलाकार हो तुम, हेमचन्द्र। लाओ दीपक, तुम्हें तेल दे दूँ’’ और गिरजा ने उसके दीपक में तेल उड़ेल कर मूर्ति को सलीके के साथ दुकान के भीतर सजाने लगा। ‘‘अरे! तुम गये नहीं?’’ गिरजा हेमचन्द्र को खड़ा देखकर चीखता हुआ बोला। ‘‘थोड़ा आटा और दो टुकड़ा नमक भी दे दो। मेरे बच्चे भूखे हैं। ये मूर्ति बहुत मेहनत की बनायी हुई है। वह रुँधी हुई आवाज में बोला था।

‘‘तो क्या मेरी दुकान को खैरातखाना समझ रखा है? मैं मेहनत की नहीं हराम की कमाई करता हूँ। जाओ-जाओ, घर जाकर तुम भी भूखे सो जाओ।’’

‘‘लो, दीपक जलाओ।’’

‘‘और आटा, नमक?’’

सावित्री ने उदास शब्दों में पूछा?

‘‘नहीं, आज खाना नहीं बन सकेगा।’’

‘‘क्यों आज खाना नहीं बन सकेगा।’’

''क्यों, बनिये ने मूर्ति लेकर भी थोड़ा आटा तक न दिया ?''

''हाँ, मैं विवश होकर यूँ ही चला आया हूँ।''

दीपक जल गया। प्रकाश भी कमरे को प्रकाशित कर उठा, किन्तु अन्तर को अब भी उजाला प्राप्त न हो सका। कमरे की तो भूख शान्त हो गयी किन्तु पेट कहीं ज्यादा एक-एक टुकड़े के लिए तड़प रहा था।

अचानक हवा का तेज झोंका आया और कमरे के भीतर ठण्ड की लहर दौड़ गयी। दीपक बुझ गया। कमरा पुनः अन्धकार की चपेट में आ गया।

''माँ...भूख लगी है'' चम्पी, उसकी आठ वर्ष की बच्ची, जागते ही बोली।

''बेटी, जाग गयी हो ?'' माँ ने उसे अपनी गोद में लेते हुए कहा।

''माँ मिठाई।''

''हाँ, बेटी। अभी देती हूँ।''

''क्या पिताजी आ गये, माँ ?... माँ मुझे मिठाई दो। मेरा पेट दुःखने लगा है... भूख लगी है।''

''रुको ... मैं पहले दिया जला दूँ।''

दीपक जलाते ही रोशनी फैल गयी।

चम्पी जाग चुकी थी...अभी उसका बेटा चम्पक सो रहा था।

''पिताजी...मिठाई नहीं लाये ?'' चम्पी ने अपने पिता की ओर देखते हुए पूछा ?

''बेटी, आज ऐसे ही सो जाओ, मिठाई कल खा लेना।''

''नहीं, पिताजी। मुझे मिठाई दीजिए... आप अकेले खा गये होंगे।''

''नहीं, बेटी, ऐसा मत कहो।'' लम्बी साँस लेकर हेमचन्द्र तड़प उठा।

''बेटी, आज कोई खिलौना बिका नहीं।'' तो क्या हुआ ?... मुझे मिठाई चाहिए।''

''बेटी, जब पैसे नहीं थे तो भला मिठाई खरीदता कैसे।''

''आप झूठ बोल रहे हैं... माँ ने कहा था... पिताजी लौट कर हमारे लिए मिठाई लायेंगे।'' वह चीख-चीख कर रोने लगी।

देर तक रोने पर जब वह नहीं चुपी तो हेमचन्द्र ने क्रोध में आकर उसे चाटा मार दिया। डाँट के भय से वह चुप होकर सो गयी।

बैठे ही बैठे हेमचन्द्र और सावित्री ने रात काट दी। प्रातः हेमचन्द्र मूर्तियों का गट्ठर लेकर अपने नियत कार्य में लग गया। शाम ढल चुकी थी... किन्तु आज फिर कोई ग्राहक नहीं आया। दो दिन की भूख के कारण हेमचन्द्र टूट चुका था। आँखों के सामने सन्नाटा छाने लगा था। घर जाकर वह क्या कहेगा? कैसे बच्चों को एक कौर रोटी दे सकेगा? किस तरह से घर का दीपक आज जलेगा...कैसे...उसके...भूखे बच्चे।

इन्हीं सोचों के साथ वह मूर्ति बटोरने लगा।

''पिताजी, मेरे लिए मिठाई लाये?'' सहसा यह विचार हेमचन्द्र के मस्तिष्क में गूँज उठा, वह सुबक पड़ा। और मूर्ति का गट्ठर रखकर उसी पर सिर पटकने लगा। एक-एक मूर्ति उठाकर हेमचन्द्र ने सड़क पर फेंकनी शुरू कर दी। सारी मूर्ति हेमचन्द्र ने तोड़ दी। मूर्तियों के अवशेष सड़क पर पड़े एक कलाकार की अपूर्व कला के परिचायक भी थे और साथ-साथ जी खोलकर उसकी बेबसी पर हँस भी रहे थे। सारी मूर्तियाँ सड़क पर तार-तार हो चुकी थीं।

अचानक उसी जगह पर एक कार आकर ठहर गयी। कार के बाहर निकल कर एक व्यक्ति बोला... ''हेमचन्द्र मूर्तिकार कौन है?'' ''पता नहीं, साहब।'' हेमचन्द्र ने संक्षिप्त-सा जवाब दिया।

''आप उनका पता बता सकते हैं?'' उस व्यक्ति ने पुनः पूछा।

''मैने कहा न, साहब। आप कहीं और पता कर लीजिए।''

वह व्यक्ति चला गया। हेमचन्द्र शरीर को खींचता हुआ घर तक जा पहुँचा।

''सावित्री।''

''आइए...आज कुछ बिका? अरे! लगता है सारी मूर्तियाँ आज बिक गयी हैं।

वाह! तब तो आज हमारे बच्चे पेट भर खाना खायेंगे।

बताइए, कितने पैसों की सभी मूर्तियाँ बिकीं?''

हेमचन्द्र खामोश रहा। जड़-सा ... सूखे वृक्ष की भाँति... वह अडिग खड़ा रहा, सिर्फ सावित्री की बातें ही सुनता रहा। ''क्या हो गया है आपको?

आप ठीक तो हैं?'' ''हाँ... ठीक हूँ।'' ''फिर बोलते क्यों नहीं?'' ''क्या बोलूँ?'' ''यही कि जब मूर्ति बिक गयी तो उसके पैसे कहाँ?'' इसका मेरे पास कोई जवाब नहीं है। यही समझ लो कम से कम आज की रात भी अँधेरे में और भूख में काटनी है।''

''नहीं, ऐसा नहीं हो सकता।'' ''बच्चे कहाँ है?'' ''बाहर खेल रहे हैं।'' ''खेलने की शक्ति कहाँ से आ रही है?'' हेमचन्द्र आश्चर्यचकित मुद्रा में बोला। ''वे जीवित कैसे हैं। उन्हें तो दम तोड़ देना चाहिए था।'' ''आप क्या कह रहे हैं? आप बौखला क्यों गये हैं।''

इतने में दरवाजे पर किसी ने दस्तक दी।

सावित्री ने दरवाजा खोला... चुर-मुर करता हुआ दरवाजा का पट खुल गया। ''हेमचन्द्र का यही मकान है उस आगन्तुक ने पूछा।

''हाँ?'' इतना कहते हुए सावित्री अन्दर आकर बोली- ''देखिए, आपसे कोई व्यक्ति कार से मिलने आया है। लगता है वह ईश्वर का भेजा बन्दा है।'' ''ईश्वर!'' ''किसका नाम लेती हो...शैतान के संसार में ईश्वर।'' इतना कहकर हेमचन्द्र द्वार तक पहुँचा। ''आप हेमचन्द्र हैं?'' उस व्यक्ति ने ध्यान से निहारते हुए पूछा।

''हाँ, क्या काम है?''

''लेकिन वहाँ पर... हम आपसे ही तो मिले थे।''

''काम बताइये, साहब।''

''मुझे अपने ड्रॉइंग रूम में रखने के लिए एक सुन्दर-सी हँसती हुई मूर्ति बनवानी है।

जो भी तुम्हारा पैसा होगा... हम तुम्हें देंगे।'' ''लेकिन मैंने मूर्ति बनाने का काम बन्द कर दिया है...'' हेमचन्द्र ने जवाब दिया।

''नहीं...आप चले जाइए।'' सावित्री ने दरवाजे की ओट से कहा। ''नहीं,

मैं नहीं जा पाऊँगा।'' हेमचन्द्र इतना कहकर कमरे के भीतर आ गया। ''आपको बच्चों की भूख का ख्याल नहीं है? उन्हीं के लिए जाइए कुछ मिल हीं जायेगा। विवश होकर हेमचन्द्र ने कहा- ''जा रहा हूँ।'' इतना कहकर हेमचन्द्र उस व्यक्ति के साथ उसकी कार में बैठकर उसके घर पहुँचा।

''आओ, हेमचन्द्र। अन्दर आओ।'' उस व्यक्ति ने कलाकक्ष का द्वार खोलते हुए कहा।

''यह रैक है। इसके ठीक ऊपर मेरी पत्नी का स्टैचू बनाना है।'' पत्नी का स्टैचू?

''हाँ, वह मर चुकी है।'' उस व्यक्ति ने रुँधी आवाज में कहा।

लगभग पाँच घण्टे तक हेमचन्द्र उस स्टैचू का उसके चित्र को देखकर ढाँचा बनाता रहा। अभी चेहरा बनाना शेष था। हेमचन्द्र अपनी भूख को दबाये उस स्टैचू में अपनी कला का श्रेष्ठतम मिश्रण कर रहा था।

''हेमचन्द्र थोड़ी-सी चेहरे पर मुस्कुराहट और बिखेरो।'' वह व्यक्ति सिगरेट का कश लेते हुए बोला।

''जी, कोशिश करता हूँ।'' हेमचन्द्र का स्वयं का चेहरा तो निर्जीव होता जा रहा था किन्तु उसकी कला, वह मूर्ति, वास्तव में खिल रही थी।

वह व्यक्ति हेमचन्द्र की कला पर न्योछावर हो गया था।

''बोलो क्या चाहिए तुमको?'' वह व्यक्ति हेमचन्द्र पर प्रसन्न होकर बोला। ''एक रोटी।'' हेमचन्द्र ने बिखरी आवाज में जमीन पर बैठते हुए कहा।

''क्यों? और कुछ नहीं?'' ''मैं दो दिन का भूखा हूँ। और मेरा परिवार भी।

मेरी इच्छा एक रोटी से अधिक और कुछ नहीं है।''

''लो, ये सौ रुपये। शीघ्र जाकर अपने बच्चों को कुछ खिलाओ-पिलाओ। और यह लो... इसमें थोड़ी मिठाई है। ये हमारा तुम्हारे बच्चों के लिए ईनाम है।''

हेमचन्द्र मिठाई और रुपये लेकर लगभग रात के दो बजे घर पहुँचा। घर पर काफी भीड़ एकत्रित थी।

''क्या हुआ? ये शोर कैसा है? सब ठीक तो है?'' ''नहीं, चम्पी...बेटी।''

सावित्री चीखकर सुबक पड़ी।

''हाँ, क्या हुआ मेरी चम्पी बेटी को।''

''भूख के कारण वह संसार से चल बसी है।''

''नहीं...'' हेमचन्द्र चीख उठा। ''देखो, बेटी, मैं तुम्हारे लिए मिठाई लाया हूँ... देखो न तुम्हारा पिता आज कितनी मिठाई लाया है। हाँ, आज खाना भी बनेगा। पूरे सौ रुपये हैं मेरे पास...''

किन्तु चम्पी आज हमेशा-हमेशा के लिए जग छोड़ चुकी थी। निर्जीव मूर्ति में जीवन सजोने वाला हेमचन्द्र आज अपनी बच्ची के चेतनाहीन तन में प्राण न सजो सका। वह विवश था। क्योंकि वह तो मूर्ति निर्माता था। भाग्य निर्माता नहीं।

4

प्रश्न चिन्ह

कमरे के भीतर लैम्प का हल्का प्रकाश था।

समूचा कमरा अस्त-व्यस्त प्रतीत हो रहा था। अमूलनाथ उच्च कोटि के साहित्यकार थे। मेज पर सिर रखे वे किसी कहानी की भूमिका तलाश रहे थे। कभी-कभी जब हवा तेज चलती और झरोखों के द्वार से कमरे में प्रविष्ट कर जाती तो मेज पर रखे पन्ने उड़ने लगते। कलम, जो अमूलनाथ अपने हाथ में लिये हुए थे, उससे सोचनीय मुद्रा में निरन्तर सिर के बाल खुजला रहे थे। हवा के थपेड़ों के मध्य जब कोई हृदयस्पर्शी विचार आ जाता, उसे वे कोरे कागज पर अवश्य अंकित कर लेते। अचानक अमूलनाथ के गम्भीर चेहरे पर प्रसन्नता के भाव खिल उठे। शायद उनके जहन में किसी श्रेष्ठ विचार का पदार्पण हो गया था या अवश्य ही उनका कोई भूखा पात्र एक टुकड़ा रोटी पा गया हो।

"वाह! कौवे की चोंच से गिरा हुआ रोटी का टुकड़ा, बेचारा भूखा बच्चा पा गया। कितना तड़प रहा था यह बच्चा एक कौर रोटी के लिए।"

इन शब्दों का स्वर शान्त कमरे के भीतर गूँज उठा। किन्तु अगले ही क्षण अमूलनाथ लिखते-लिखते पहले की तरह खामोश हो गये। वह टुकड़ा अब बच्चे के हाथ से बन्दर छीन चुका था। बच्चा छत पर बैठा पूर्ववत रोता रहा। अमूलनाथ

अपने हर पात्र के साथ सहानुभूति रखते थे। जब भी उनका कोई भी पात्र दुःखी होता तो वे भी दुःखी हो जाते थे।

"अजी, खाना भी खाने का होश है" अचानक पत्नी सत्यवती ने कमरे की दहलीज पार करते हुए कहा। "अरे, थोड़ी और प्रतीक्षा करो। कहानी की अन्तिम पंक्ति ही लिखनी शेष है।" अमूलनाथ ने गहरी सांस लेते हुए कहा।

"कैसी कहानी?

किसलिए आप रात-रात जागकर कहानी लिखते हैं। क्या मिलता है इस साहित्य से।

यदि कुछ मिलता है तो वह है गरीबी, भुखमरी असीम चिन्ताएँ।

और जब मैं बाहर निकलती हूँ तो लोग मेरे जीर्ण-जर्जर फटे लिबास पर ताने कसते हैं। साहित्यकार की पत्नी कहकर व्यंग्यबाण छोड़ते हैं।" सत्यवती ने अपना पल्लू सरकाते हुए रुँधी आवाज में कहा।

"नहीं, सत्यवती। तुम अपना व्रत मत तोड़ो। तुम मेरी पत्नी हो तुम पर समाज के व्यंग्य का कोई प्रभाव नहीं पड़ना चाहिए। मैं तो तुम्हें सदैव धनवान समझता हूँ...

क्योंकि आज तक तुम मेरा और मेरे आदर्शों का साथ निभाती आयी हो।" "किन्तु कब तक मैं आपके इन आदर्शों का साथ देती रहूँगी? अब छोटी बेटी नेहा भी जवान हो गयी है। अब उसका भी तो विवाह करना है घर पर फूटी कौड़ी भी नहीं है, जिसे देकर उसकी माँग में सिन्दूर भरने का अवसर आयेगा।"

"धैर्य रखो, सत्यवती। हम अपनी बच्ची का विवाह अधिकाधिक धूम-धाम और हर्षोल्लास के साथ रचायेंगे।

हम अध्यापक हैं। सरकार इतना वेतन देती है जिससे मेरा और तुम्हारा सम्पूर्ण जीवन आराम से व्यतीत हो जायेगा। रहा नेहा का विवाह उसका भी कुछ न कुछ प्रबन्ध अवश्य करूँगा। आगे ईश्वर की इच्छा।"

सत्यवती कमरे के बाहर चली गयी। अमूलनाथ शीघ्र ही कहानी की अन्तिम पंक्ति लिखकर चौके में आकर बैठ गये। थाली में चार रोटी और सूखे

आलू की सब्जी थी। अत्यन्त प्रेमपूर्वक भोजन ग्रहण कर अमूलनाथ ने अपने कमरे में आकर पुनः लिखना प्रारम्भ कर दिया। देर रात तक लिखने के पश्चात अमूलनाथ चिन्तन मुद्रा में ही सो गये।

प्रातः अमूलनाथ अपने विद्यालय जाने की तैयारी कर रहे थे। अचानक दरवाजे पर दस्तक सुन वह द्वार पर पहुँचे।

‘‘अरे! आइए, प्रजापति जी बैठिए।’’ चारपाई को आगे खींचते हुए अमूलनाथ ने कहा। ‘‘आज मैं बैठने नहीं आया हूँ।’’ आगन्तुक महोदय रूखी आवाज में बोले। ‘‘मुझे अपना सम्पूर्ण हिसाब चाहिए।’’ ‘‘ठीक है... आप बैठिए तो सही।’’ अमूलनाथ ने आहिस्ता से कहा।

‘‘नहीं, मुझे दहेज के दस हजार रुपये दीजिए। मेरे पास अधिक वक्त नहीं है।’’ ‘‘देखिये समधी जी, आप धैर्य रखिए। आपकी पाई-पाई मैं अदा कर दूँगा।

अमूलनाथ ने समधी के सामने हाथ जोड़ते हुए कहा। ‘‘कितना धैर्य रखूँ।

धैर्य की भी कोई सीमा है। इतना समय हो चुका है। अभी दहेज के पैसे नहीं दे सके हो। अपनी बेटी से हाथ धो बैठोगे।’’

‘‘प्रजापति जी, कुछ और अवसर दीजिए। आप तो मेरी परिस्थिति से भलीभाँति अवगत हैं।’’ अमूलनाथ प्रजापति के पैरों पर गिरते हुए बोले। ‘‘हटिए, पैरों को छोड़िए।’’ प्रजापति ने चीखते हुए कहा। ‘‘ठीक है। मैं तुम्हें छः माह का अन्तिम अवसर दे रहा हूँ। इसके पश्चात कोई बहाना नहीं सुनूँगा।’’ इतना कहकर प्रजापति तेज कदमों से वहाँ से चल दिये। अमूलनाथ मूर्तिवत सिर्फ प्रजापति के जाने का मार्ग देखते रह गये। सत्यवती ने उदास मुद्रा में नेहा से कहा। ‘‘बेटी, जाकर पिताजी के लिए भोजन ले आओ।’’ अमूलनाथ आँगन के एक कोने में बैठे तल्लीनतापूर्वक भोजन करने लगे। विचारक अमूलनाथ न केवल समाज का चिन्तन करते थे अपितु परिवार का भी पूर्ण ध्यान रखते थे। किन्तु सच्चाई के मार्ग पर पैसा बहुत दुर्लभ होता है।

समय की नौका पल-प्रतिपल विहार करती रही है ।

अमूलनाथ सच्चाई, ईमानदारी और आदर्श के धरातल पर यथार्थ जीवन की।

यथार्थ घटनाओं का चित्रण हर क्षण अपने साहित्य में करते रहे हैं। इसके

विपरीत छः माह की अवधि समाप्त हो गयी और प्रजापति का सन्देशवाहक आ पहुँचा। आज फिर अमूलनाथ विवश थे।

उनके पास कुछ न था। यदि कुछ था भी, तो वह उनका साहित्य था जो अमूलनाथ के जीवन की सर्वाधिक बहुमूल्य निधि थी। अन्त में प्रजापति स्वयं आकर खड़े हो गये। लाख अनुनय-विनय करने पर भी अमूलनाथ की एक न चली।

अमूलनाथ सिर्फ विवश, असफल निवेदक ही सार्थक रहे। वक्त और परिस्थितियों से हारकर अमूलनाथ को अपना दो कमरे का मकान प्रजापति के नाम लिखना पड़ा। तीन सौ रुपये मासिक वेतन का साधारण अध्यापक और कर भी क्या सकता था। पति-पत्नी और बेटी नेहा रात्रि के घुप्प अन्धकार में सड़क के फुटपाथ तक जा पहुँचे।

समस्त साहित्य अमूलनाथ अपने हाथ में दृढ़तापूर्वक पकडे़ चल रहे थे। नेहा अपनी माँ को बलपूर्वक पकड़े हुए थी।

सहसा तेज हवा का झोंका आया। अमूलनाथ सड़क के एक ओर रह गये। दूसरी ओर नेहा और उसकी माँ, ट्रक की भीषण गति के साथ ही एक ही क्षण में सड़क पर तार-तार हो गये।

पल भर में अमूलनाथ के जीवन के पन्ने एक-एक कर तेज हवा के संग उड़ने लगे। जीवन भर का संजोया साहित्य तो अमूलनाथ के हाथ में था किन्तु अब न बेटी थी, न पत्नी। न सवाल था, न जवाब की आवश्यकता थी।

सब कुछ पल भर में एक ही झोंके में शान्त हो चुका था। दाहिने हाथ पर फॉलिज का अटैक हो गया था। अमूलनाथ के शरीर का महत्वपूर्ण अंग अपाहिज हो गया था। नौकरी अमूलनाथ के हाथों से जाती रही। इसी बीच अमूलनाथ के सिर पर दूसरा दुःख भरा बादल का टुकड़ा टूट पड़ा। उसकी बड़ी बेटी ने एक बच्ची को जन्म देकर संसार से मुँह मोड़ लिया। पाई-पाई का मोहताज अमूलनाथ दो वक्त के खाने के लिए मोहताज हो गया था। वह भीख माँगने के लिए मजबूर हो चुका था।

एक दिन भीख माँगता हुआ अमूलनाथ एक बुक स्टॉल तक जा पहुँचा। ''कोई भीख दे दे।?''

''कौन हो तुम?'' एक व्यक्ति मोटी-सी पुस्तक पढ़ते हुए बोला। ''भूखा'' इस अमूलनाथ ने बिखरी हुई आवाज में कहा। ''अरे! आप तो अमूलनाथ हैं। आप इतने बड़े साहित्यकार होकर भिक्षा क्यों माँगते हैं?'' उस व्यक्ति ने आश्चर्य व्यक्त करते हुए पूछा। ''देखिए न, इस पुस्तक पर आपका ही चित्र अंकित है।''

अमूलनाथ हल्के से हँस दिये। वह पाठक अमूलनाथ को पचास पैसे से अधिक कुछ न दे सका। अमूलनाथ की उच्च कोटि की रचना तो समाज के लिए मार्गदर्शक थी।

किन्तु वह स्वयं क्या था? समाज में उसका स्थान क्या था?

वह स्वयं रोता हुआ पात्र बन चुका था। वह स्वयं कहानी की रोती हुई भूमिका बन चुका था। अमूलनाथ के साहित्यिक जीवन का यह अनोखा सफर था। उनके मस्तिष्क के विचार तो समाज के मानस पटल पर अंकित हो चुके थे। किन्तु उनकी स्वयं की तस्वीर हर पल धुँधली होती जा रही थी।

कई वर्ष तक अमूलनाथ अपाहिज होकर भी देश का भ्रमण भी करते रहे।

एक लगन के साथ... नयी आशा के साथ अमूलनाथ अपने इस जीवन से पूर्णतया सन्तुष्ट थे। उनकी अपनी तस्वीर क्यों न धूमिल हो गयी हो किन्तु उनके विचारों के चित्र तो समाज को नयी दिशा दे ही रहे थे। समाज सेवा का उनका संकल्प पूरा हो चुका था। किन्तु संघर्ष आज भी कम न था।

वर्षों के पश्चात जब अमूलनाथ अपने निवास स्थान पहुँचे तो देखा कि सड़क के एक ओर जहाँ पर वह अपनी छोटी सी झोपड़ी छोड़ गये थे, वहाँ पर विशालकाय धर्मशाला बना हुआ था। उस पर अंकित था। ''अमूलनाथ धर्मशाला''। अब तो अमूलनाथ का साहित्य फुटपाथों से उठकर सम्पूर्ण विश्व के लिए एक प्रकाश की ज्योतिपुंज बन चुका था।

आज अमूलनाथ लोगों की भीड़ के मध्य फटे लिबास में लम्बी दाढ़ी और नंगे पाँव खड़े हुए थे। लोग उनको बड़े-बड़े उपहार देने का प्रयास कर रहे थे। कोई उनके सम्मुख अपने साथ ले जाने का प्रस्ताव रखता तो कोई अपनी विशाल फर्म का मालिक बनने का अवसर देने को कहता है। किन्तु अमूलनाथ चुप रहे। वो अतीत में खो चुके थे। अब वे क्या माँगते? हाथ उनका बेकार हो चुका था।

वह लिखते कैसे? परिवार गहरी नींद सो चुका था... उसे जगाते कैसे? महल...दौलत...वह क्या करते ? क्योंकि वे स्वयं अपाहिज थे। क्या इच्छा रखें वे क्या देंगे जिनके पास कुछ भी नहीं है। भीड़ छट चुकी थी। अमूलनाथ सड़क के एक ओर बैठ गये थे।अब वह लिख नहीं सकते थे। सिर्फ कहानी की भूमिका तलाश करने लगे।

अमूलनाथ कैसे खुश होतें उनका पात्र आज भी रो रहा था। एक-एक कौर की खातिर समाज में भूखे बच्चे आज भी चीख रहे थे।

कौवे की चोंच से गिरा कौर बच्चा आज फिर खाना चाहता है। किन्तु इस बार बाज का पंजा अवसर का लाभ उठाने से नहीं चूकता। अचानक बच्चा रोता है।

अमूलनाथ जोर से चीख पड़ते हैं। कहानी की भूमिका वातावरण में लीन हो जाती है। अमूलनाथ के जीवन की किताब बन्द होकर एक प्रश्न चिन्ह बन जाती है,

वह प्रश्न चिन्ह होता है - ''क्या साहित्यकार का जीवन संघर्ष और परिहास का दायरा पार कर सकेगा?''

अमूलनाथ की मृत्यु उपरान्त बनी हुई संगमरमर की समाधि देखकर साहित्यकार के जीवन की पुस्तक का मुख्य पृष्ठ अवश्य ही आकर्षक प्रतीत हो रहा है।

इसी कहानी से ...

साहित्यकार समाज को और साहित्य को तो अपना सम्पूर्ण जीवन समर्पित कर देता है। किन्तु समाज उसके एवज में उसे सिर्फ व्यंग्य देता है। सच्चे साहित्यकार की आत्मा समाज को देखकर सिसक उठती है। किन्तु समाज साहित्यकार को क्यों नहीं समझता।

क्यों नहीं समाज की आत्मा सिसकी है साहित्यकार के जीवन पर?

क्यों अंकित है साहित्यकार के जीवन के सम्मुख न मिटने वाला प्रश्न चिन्ह?

5

बहुत देर कर दी

आज मेरे मित्र अनुराग का विवाह के पश्चात रिसेप्शन है। सजावट इतनी कि लोगों का मन मोह रही थी। मैं अकेला था।

दूल्हा-दूल्हन स्टेज की कुर्सियों पर बैठे लोगों की निगाहों के तारे थे। मैं अकेला एक ओर खड़ा चिन्तन मुद्रा में था। मैं अविवाहित था और किसी कल्पना में डूबा हुआ था।

सहसा मेरी दृष्टि मेरे ठीक सामने की पंक्ति में लगी कुर्सी पर बैठी एक सुन्दर युवती पर जा ठहरी। मुझे ऐसा महसूस हुआ कि मेरे ख्वाबों की मल्लिका यही है। मैं उसकी प्रशंसा के लिए उपयुक्त शब्दों का समूह बनाकर सुन्दर उपमानों का उपयोग अपने आप में ही करने लगा। सहसा मेरे मुख से ''वाह! कितनी सुन्दर युवती है!'' मैं बोल पड़ा। मेरे समीप खड़ा एक युवक जो शायद मुझे पहचानता था, वह बोला, ''अमित जी, किसकी तारिफ कर रहे हैं आप?'' मैं सहम-सा गया और कहा, ''नहीं तो, कुछ भी नहीं, मेरा मतलब किसी की नहीं।''

मेरी बात सुनकर वह बोला- ''भाई आप इतने उच्चकोटि के साहित्यकार हैं, अवश्य ही किसी कविता की भूमिका सोच रहे होंगे। वैसे अमित जी आप

जिस पर कविता सोच रहे हैं, वह कविता ही है। मेरा मतलब उसका नाम कविता ही है।''

''क्या मतलब?'' मैंने उस युवक से पूछा। ''हाँ, वह लड़की इस शहर के मेयर की लड़की कविता है।'' ''नहीं भाई, मैं कोई कविता नहीं बना रहा हूँ और न ही किसी का परिचय ही पूछ रहा हूँ।'' मेरे इस रूखे वार्तालाप से वह क्षुब्ध होकर मेरे निकट से चला गया। लेकिन मुझे तो वह बहुत कुछ देकर गया था। सच! वह कविता मेरी कल्पना की कविता ही प्रतीत होने लगी थी। अचानक ही एक नजर में वह मुझे आकर्षित कर रही थी। किसी चुम्बक की तरह वह मुझे अपने हृदय में खींचती जा रही थी। मुझे पता नहीं क्या हो गया था कि उसके चेहरे से मेरी नजर हट ही नहीं रही थी।

धीरे-धीरे लोगों की भीड़ भोजन के लिए पण्डाल की ओर बढ़ रही थी। मुझे भी लोगो ने भोजन के लिए आमंत्रित किया। मेरा मित्र अनुराग अपने मेहमानों के बीच घिरा हुआ था। जैसे ही मैं भोजन के लिए पण्डाल की ओर बढ़ा, अनुराग ने मुझे किसी व्यक्ति के द्वारा अपने पास बुलाया। मैं अनुराग के पास गया।

''क्या बात है, अमित? तुम बड़े शान्त दिख रहे हो? भोजन अकेले नहीं करोगे, हम तुम्हारे साथ ही भोजन करेंगे।''

''ठीक है, मैं तुम्हारे साथ ही भोजन करूँगा।'' मैंने संक्षिप्त-सा जवाब दिया। इतने में कविता अनुराग की ओर आती हुई दिखायी दी। मैं वहाँ से हटने लगा। ''अरे अमित, तुम कहाँ जा रहे हो? आओ, मैं तुम्हारा परिचय करा रहा हूँ। ये कविता जी हैं। शहर के मेयर प्रकाश बाबू की लड़की हैं और ये मेरे दिल का टुकड़ा अमित है, बहुत अच्छा साहित्यकार है।'' ''नमस्ते।'' हम दोनों ने इकट्ठे एक दूजे का अभिवादन किया। ''अच्छा तो आप अमित जी हैं, आपकी एक उपन्यास ''चाँद'' काफी चर्चित हुई थी।'' कविता ने प्रसन्न मुद्रा में मेरी प्रशंसा की। मेरा हृदय जो वीरान था, एकबारगी आबाद-सा हो गया। मानो सूने बगीचे में फूलों के हजारों वृक्षों की अधखिली पंखुड़ियाँ सम्पूर्णता पाकर खिल उठी हों। मैं कुछ कह न सका। सिर्फ अपनी प्रशंसा के शब्दों को सुनकर श्रोता मात्र ही रह गया था।

रात के दो बजे थे। मेरी नींद जैसे कोई मुझसे छीनकर ले गया हो। आँखें

कड़वा रही थीं। आँखों के कैनवास पर कविता का चित्र गहराता जा रहा था। यह मेरी प्यार की प्रथम अनुभूति थी जिसने मुझे बोझिल कर दिया था। कविता के द्वारा की गयी प्रशंसा ने मानो मेरी कल्पना की कच्ची मूर्ति को अग्नि में पका दिया हो। रात में मैं कब सो गया, मुझे पता न चल सका। प्रातः मैं अपने कोर्ट जाने की तैयारी में लग गया। आज कोर्ट में भी कुछ खोया-खोया महसूस कर रहा था। शाम घर वापस आया तो फाइल और मुकदमे की तैयारी में लग गया। मैंने टेलीफोन डायरेक्ट्री उठायी और कविता के घर का नम्बर ढूँढ़ निकाला। मैंने 340789 डिजिट डायल की। घंटी जा रही थी। ''हेलो, कौन साहब बोल रहे हैं?'' उधर से किसी पुरुष की आवाज आयी। मैंने रिसीवर क्रेडल पर रख दिया। एक घण्टे तक फिर अपने कार्य में व्यस्त हो गया किन्तु मन बिलकुल भी काम में नहीं लग रहा था। मैंने फिर वही नम्बर डायल किया। इस बार किसी महिला की आवाज सुनायी दी, ''हेलो, कौन है?'' मैं खामोश रहा। उधर से फिर आवाज आयी, ''आप कौन है?'' मेरा साहस जवाब दे रहा था। मैं रिसीवर हाथ में लिये रहा। फिर रिसीवर कान के समीप ले गया। उधर से बराबर आवाज आ रही थी- ''हेलो-हेलो।'' मैंने सोचा कि कुछ जरूर बोल दूँ। मैंने अपना नम्बर 348672 बताते हुए कहा कि आप इस नम्बर को डायल करें फिर मैं अपना परिचय दूँगा। मैं प्रतीक्षा करूँगा। इतना कहकर मैंने रिसीवर रख दिया। वह आवाज कविता की ही होगी, मैं निश्चिंत था। थोड़ी देर बाद मेरे फोन ने संकेत दिया। मैंने रिसीवर उठाया। ''हेलो आप कौन है?'' वही आवाज थी। मैं कविता बोल रही हूँ लेकिन आप कौन हैं?'' ''आपका मुजरिम'' मैंने कहा। ''क्या बात है? यह सब आप क्या कह रहे हैं? अजीब ब्यक्ति हैं आप भी।'' उधर से आवाज आयी। मैंने प्रत्युत्तर में कहा ''ठीक कह रही हैं आप।'' ''लेकिन आपकी इस बदतमीजी का आपको कल ही हश्र झेलना होगा।'' इतना कहकर कविता ने टेलीफोन काट दिया। मैं डरवश काँप गया। कल आने वाले तूफान से मेरा दिल घबरा रहा था।

* * *

सुबह मैं कोर्ट जाने की तैयारी कर रहा था कि अचानक मेरे घर के सामने आकर कार ठहर गयी। एक व्यक्ति आकर बोला, ''आपसे मेयर प्रकाश बाबू की बेटी कविताजी मिलने आयी हैं।'' मैंने उन्हें अपने चैम्बर में बुलाया। जैसे ही कविता मेरे चैम्बर में आयी, मुझे देखा, नमस्ते किया और बोली, ''आप! यह आपका रेजीडेन्स है?'' मैं अन्दर ही अन्दर कुछ अनिष्ट होने की प्रबल सम्भावना में था। जी ''हाँ, लेकिन अचानक आपने कैसे कष्ट किया?'' मैंने

अनभिज्ञ बनकर सवाल किया "कुछ नहीं, लगता है किसी ने मेरे साथ गलत नम्बर देकर मजाक किया है।'' वह बोली। "कैसा मजाक?'' मैंने पुनः पूछा। उसने वह घटना अपनी जुबान से बताई किन्तु वह आश्वस्त थी कि मैं एक प्रतिष्ठित एडवोकेट होकर ऐसी बदतमीजी नहीं करूँगा और न ही मेरे घर का कोई सदस्य भी ऐसा कर सकता है। मैंने कविता के लिए चाय मँगवाई। चैम्बर में मैं और सिर्फ कविता ही थे। मैंने अपना जुर्म स्वीकार नहीं किया था। अच्छा अमितजी, अब मैं जा रही हूँ। बिना वजह मैंने आपको डिसटर्ब किया। ओह, लेकिन आप कल मेरे घर पर आमंत्रित हैं। कल मेरी बाईसवीं वर्षगाँठ है।'' इतना कहकर वह चली गयी। मेरी योजना जो स्वतः बनी, बड़ी कारगर सिद्ध हुई। साँप भी मरा परन्तु लाठी पर चोट भी नहीं आयी। लेकिन मेरे दिलोदिमाग पर मोहब्बत का ज्वर बढ़ता ही जा रहा था। दिन फिर नियमित दिनचर्या में व्यतीत हुआ। रात में फिर वही दशा थी। मेरा मन कल के आमंत्रण हेतु व्यग्र रूप धारण कर रहा था। दूसरे दिन सुबह ही मैं इस उधेड़बुन में लग गया कि कौन-सा तोहफा लेकर अपनी प्रेमकहानी, जो वनसाइडेड है, उसे मुकम्मल स्वरूप दे सकूँ।

शाम छः बजे फ्लावर शॉप पर गया और सुन्दर फूलों का एक गुलदस्ता लिया और सीधे कविता के घर जा पहुँचा।

कविता मुझे देखकर खुश हो गयी और बोली, "आइए, अमित जी। मैं आपकी बड़ी बेसब्री से इन्तजार कर रही थी।'' मैंने वह गुलदस्ता कविता की ओर बढ़ाकर कहा, "हैप्पी बर्थडे टू यू।'' "थैंक्यू।'' कविता ने मुस्कुराते हुए कहा। "आइए, मैं आपका अपने पापा से परिचय करा दूँ। ये हैं मेरे पापा जी, शहर के मेयर। और पापा ये मेरे नये फ्रेण्ड अमित बाबू। ये एडवोकेट हैं और बहुत अच्छे उपन्यासकार भी हैं।

"अच्छा भाई अमित जी, मुझे आप जैसी प्रतिभा से मिलकर बहुत खुशी हुई।'' इतना कहकर प्रकाश जी अपने अन्य आगंतुकों के स्वागत हेतु चले गये। मैं अपने इस सम्मान पर फूला नहीं समा रहा था। बर्थ डे की भूमिकाएँ निभायी जा चुकी थीं। हम लोग डिनर लेने के लिए कविता द्वारा आमंत्रित किये गये। कविता बार-बार मेरा हाल पूछ रही थी, "आप और भी कुछ लीजिए।'' मुझे अपार खुशी हो रही थी कि कविता अपनी सहेलियों को छोड़कर मेरा इतने मन से स्वागत कर रही थी। मेरी जिज्ञासा परिपक्व होती जा रही थी कि मैं कविता को एकान्त में पाऊँ और अपने दिल की भावना का इजहार करूँ। लेकिन दरवेश में

कुछ कर नहीं पा रहा था।

रात में फिर मुझे काफी उलझन हो रही थी। मैंने फिर फोन उठाया और रात ग्यारह बजे मैंने कविता का नम्बर डायल किया। ''हेलो'' उधर से कविता की आवाज थी। मैंने कहा, ''मैं अमित।''

''अरे अमित जी। कहिए, इतनी रात गये आपने मुझे कैसे याद किया?'' मैं कुछ समझ नहीं सका कि क्या कहूँ? मैंने कहा, ''हैप्पी बर्थडे टू यू अगेन।'' ''थैंक्स। लेकिन आपने तो घर पर आकर मुझे हैप्पी बर्थ डे टू यू कहा था? मैंने रिसीवर रख दिया। दिन गुजरते गये। मेरा प्यार गहराता गया। लेकिन मैंने कविता से अपने प्यार का इजहार अब भी नहीं किया था।

आज कविता का चेहरा देखे एक माह बीत चुका था। मैंने फिर फोन किया। कविता की मम्मी ने रिसीवर उठाया। मैंने कविता को फोन पर बुलाया। ''हेलो! कविता जी, मैं अमित बोल रहा हूँ।'' हाँ, कहिए अमित जी, क्या हाल है? कैसे मेरी याद आ गयी?'' कविता ने कहा। ''कविता, मुझे आपकी याद तो हमेशा आती है।'' मैंने बहुत साहस बटोर कर कहा। ''आप तो बड़ा मजा लगाते हैं। ऐसा करिए, आप आज मेरे घर आइए, आज मैं बहुत बोर हो रही हूँ।'' इतना कहकर उसने फोन रख दिया। मैं बहुत खुश हुआ। खुशी के क्रम में मैं पागल होता जा रहा था।

''आइए, अमित जी।'' कविता ने घर के दरवाजे के पट खोलते हुए कहा। घर पर कविता के अतिरिक्त और कोई दिख नहीं रहा था। मैंने जिज्ञासावश पूछा, ''घर के और लोग कहाँ हैं?'' ''सभी मेरे ननिहाल गये हुए हैं।'' मैं कविता को अकेला पाकर खुशी की पराकाष्ठा पर था। ''अरे! आप क्या सोचने लगे?'' कविता ने सवाल किया। ''कुछ नहीं बस यूँ ही।'' उसका व्यवहार मेरे साथ बड़ा ही मधुर था। मैंने ढेर सारी बातें की उससे। किन्तु फिर आज मैं प्यार का इजहार किए बिना घर वापस चला आया।

समय चक्र चलता रहा। महीनों बीत गये। फोन यदा-कदा कर मैं उससे बातें किया करने लगा। किन्तु अपने साहस को जुटाकर अपने दिल में पलते प्यार का पर्दाफाश न कर पाया।

एक शाम मैं बैठा अपने मुकदमे की तैयारी कर रहा था। अचानक फोन की घंटी आयी और मैंने रिसीवर उठाया। कविता का फोन था। ''मैं कविता बोल रही

हूँ। अमित, ऐसा करो। आज मैं बहुत खुश हूँ, तुम आकर मुझे सौन्दर्य कैफे में मिलो। शाम छः बजे मैं वहाँ अकेले मिलूँगी, तुमसे, ढेर सारी बातें करना चाह रही हूँ।'' मैं खुशी से झूम उठा और यह सोच कर वहाँ गया कि आज प्यार का इजहार अवश्य करूँगा।

''कविता, तुमने मुझे क्यों बुलाया है?'' मैंने जिज्ञासावश सवाल किया।

''हाँ, अमित। मैं बता रही हूँ लेकिन मुझे अमित ऐसा लग रहा है कि तुम भी कुछ कहना चाह रहे हो? क्योंकि तुम्हारे होठ कुछ बुदबुदाकर रह गये हैं। कहीं तुम जल्दी जाना तो नहीं चाह रहे हो।'' ''नहीं, कविता, मुझे कोई जल्दी नहीं है। बताओ, तुम क्या बताना चाहती हो? आज मैं तुम्हारे खुशी का कारण जानने आया हूँ।''

कविता ने अपनी पर्स से एक विवाह का कार्ड निकाल कर मेरी ओर बढ़ा दिया। ''यह क्या? किसकी शादी का कार्ड है?'' मैंने आश्चर्यचकित होकर पूछा।

''मेरी शादी का।'' वह बोली।

मैं अवाक् रह गया। शून्य अवस्था में उसका हँसता चेहरा देखता रहा।

''क्या बात है, अमित? तुम खुश नहीं हुए।'' नहीं तो, मैं बहुत खुश हूँ। कब है विवाह?'' बस इसी महीने की 17 तारीख को। शादी पर आना मत भूलना।''

रात मैंने फिर फोन किया और जब कविता ने पूछा, ''कहो, कैसे हो अमित?''

''कविता, मैं मर जाऊँगा।'' मैं रो पड़ा।

''क्यों, क्या बात है, अमित?''

मैं रिसीवर पर ही रो पड़ा और रिसीवर क्रेडल पर रख दिया। सुबह आठ बजे कविता मुझसे मिलने आयी। मैंने उसे चैम्बर में बैठाया।

''क्या बात है? रात फोन पर रो क्यों पड़े थे?''

''कविता, तुम घर जाओ। मुझे तन्हा छोड़ दो।''

"अमित..." कविता ने आश्चर्य में पड़ते हुए भरी-भरी आँखों से मुझे देखा। "अमित, कुछ बोलो... मेरी जान निकल जायेगी तुम्हारी खामोशी से।" कविता ने गम्भीर शैली में कहा।

"कविता, आइ लव यू।" मैंने आज साहस कर यह कह ही दिया।

"अमित... कविता सहम-सी गयी।" अमित, तुम यह क्या कह रहे हो वह मेरे चैम्बर से उठ कर चली गयी। मैं बैठा अपने भाग्य पर आँसू बहाता रहा।

रात 10 बजे फोन की घंटी बजी। रिसीवर उठाया। कविता की आवाज थी। "अमित, तुमने बहुत देर कर दी है।" और उसने रिसीवर रख दिया। मेरे बगीचे के खिले फूल हमेशा के लिए मुरझा चुके थे। क्योंकि मैंने अपने प्रेम का इजहार करने में वास्तव में बहुत देर कर दी थी।

6

स्पर्श

बहती शीतल हवाओं में तुम्हारा मन खामोश क्या कह रहा है? क्या यह कह रहा है कि आज सा मनोहारी यह पल जीवन के साथ अपना पल्लू बाँध ले ताकि कभी ऐसा आनन्दित क्षण हमसे विरत न हो अथवा तुम्हारा मन निश्चित रूप से किसी शहनाई की गूँज में खो गया है।

''नहीं पवन, यह सब असत्य है।''

शीतल ने रुँधी आवाज में कहा।

''तो सत्य क्या है?''

''सच तो बस यह ही है कि मेरा दिल चाहता है कि यहाँ की हसीन वादियों में हमारा और तुम्हारा प्यार एक गीत बन कर सभी प्रेमियों के दिलों को एक नवीन रस प्रदान करे, एक अमर प्रेम का मार्ग प्रशस्त करे। जब कभी यहाँ कोई प्रेमीयुगल आये और यह प्रेमगीत सुने तो बस उस प्रेमी की आत्मा हम दोनों की आत्माओं में आकर जुड़ जाये।''

''तुम महान हो, शीतल।

तुम स्वयं में एक सच हो। वह सच, जो दर्पण-सा है।

तुम सिर्फ प्रेमिका ही नहीं, तुम तो स्वयं प्रेम हो। एक ऐसा प्रेम, जो सुगन्ध-सा है, जो मेरे रग-रग में बह रहा है। "पवन, इन शब्दों का उच्चारण मेरे तप को तोड़ सकता है।"

"शीतल, तुम्हारी महान भावना तुम्हारे तप से कहीं अधिक शक्तिशाली है।

शीतल, मैं तुम्हारे तन का क्षणिक स्पर्श चाहता हूँ। क्या मैं कर सकता हूँ यह स्पर्श?"

"पवन, तुम्हारा मन हर पल मेरे मन को स्पर्श करता है। क्या यह स्पर्श इस स्पर्श से कम होता है?"

"किन्तु मन के रोमांस का एहसास कैसे करूँ?"

"मन के रोमांस का एहसास तो बन्द आँखों के पर्दे पर किया जा सकता है।" "नहीं शीतल, मैं तुम्हारे केशों का स्पर्श चाहता हूँ। इस सुनहरे केशों के झुरमुट में मैं सोना चाहता हूँ।"

"एक बार बन्द आँखों के दर्पण में मेरी छवि निहारो। फिर उसी छवि के केशों का स्पर्श करो। देखना, असीम आनन्द की प्राप्ति होगी।"

"शीतल, तुम्हारी बात मेरी समझ में नहीं आ रही है किन्तु मैं तो तुम्हारे वास्तविक शरीर का स्पर्श चाहता हूँ।

लो, मैं तुम्हें स्पर्श करने जा रहा हूँ।"

"नहीं पवन। नहीं, तुम मेरा व्रत मत तोड़ो। यह तुम्हारा अधिकार है। विवाह की रस्म सम्पूर्ण हो जाने के पश्चात ही तुम मेरे तन का स्पर्श कर सकोगे और तब ही मैं तुम्हारे तन का स्पर्श करूँगी।"

"किन्तु मैं तो तुम्हारा प्रेमी हूँ। क्या प्रेमी का प्रेमिका पर कोई अधिकार नहीं?" "हाँ, प्रेमी, प्रेमिका के दिल का अधिकारी तो हो सकता है किन्तु तन का नहीं।

प्रेमी, प्रेमिका एक दूजे को स्पर्श तो कर सकते हैं किन्तु स्वप्न में, वास्तव में नहीं।

अच्छा पवन, अब घर चलूँ।" सम्पूर्ण रात्रि पवन शीतल के प्रेम में डूबा रहा।

''शीतल, ये तुम्हारे केश कितने कोमल हैं। अगुलियाँ भी कितनी सुन्दर हैं। तुम्हारा यह स्पर्श भी कितना सुखद है।

शीतल, आज मैं तुम्हारा स्पर्श करता हुआ ऐसा आभास कर रहा हूँ जैसे स्वर्ग का सबसे कीमती फल खाने के लिए मुझे प्राप्त हो गया हो।

तुम्हारे होठों का चुम्बन पाकर सर्वाधिक आनन्द की अनुभूति-सी हो रही है।

शीतल, आज मैंने तुम्हारा स्पर्श पा लिया है। अब कभी मुझे तुम्हारा स्पर्श पाने के लिए तड़पना नहीं पड़ेगा।''

''नहीं पवन, यह तुम्हारा स्पर्श वास्तविक नहीं है। तुम अपने नैनों को खोलो और देखो, कहीं स्वप्न तो नहीं देख रहे हो।''

''नहीं शीतल, इसे स्वप्न मत कहो। यह सच है। एकदम तुम जैसा, तुम्हारे मन जैसा।'' ''पवन, अगर यह सच है तो क्या तुमने मेरा व्रत भंग कर दिया है? क्या तुमने मेरा तन छूकर मुझे मैला कर दिया है?''

''नहीं शीतल, तुम्हारा तन तो कभी मैला हो ही नहीं सकता है। तुम्हारा तन तो दूध जैसा श्वेत है, पवित्र है।''

''फिर यह स्पर्श कैसा? पवन, उत्तर दो।'' ''हो सकता है यह स्वप्न हो?''

''हाँ पवन, सुबह हो गयी है, अब आँखें खोलो।'' सामने उसकी माँ थी। सच, यह तो स्वप्न ही था।

प्रातः की किरणें फैल चुकी थीं। यह पवन का स्वप्न था। स्वप्न में एक मधुर मिलन था।

''शीतल, रात में एक स्वप्न आया था। उस स्वप्न में तुम आयी थी। तुम्हारा मैंने स्पर्श किया था।'' अच्छा तो कैसा आभास हुआ था? ''मैं आभास नहीं कर सकता, क्योंकि वह मेरा प्रथम स्पर्श था, अनोखा स्पर्श था।

मात्र इतना ही कह सकता हूँ कि अत्यन्त मधुर स्पर्श था।'' ''अब मुझे स्पर्श नहीं करोगे?'' ''करूँगा किन्तु विवाह के पश्चात।''

''आज हम दोनों की सुहाग रात है।'' हाँ, पवन। लो मेरा स्पर्श करो।'' शीतल ने अपना हाथ पवन की ओर कर दिया। पवन ने शीतल की अँगुली छूते

ही आँखें भींच लीं।

“कैसा लग रहा है पवन, मेरे तन का स्पर्श पाकर?”

“अच्छा, बहुत अच्छा। किन्तु मुझे वह स्पर्श चाहिए जो स्वप्न में किया था। वह स्पर्श कैसे करूँ?” “पवन, वह स्पर्श तो मन ही कर सकता है, तन नहीं। हाँ पवन, यह तन नहीं।”

“हाँ, आज रात हम दोनों एक साथ वह मधुर मिलन स्वप्न में करेंगे। मैं तुम्हारा वह अनोखा स्पर्श एक बार और चाहूँगा।”